婚約のシナリオ

ジェシカ・ハート
夏木さやか 訳

ハーレクイン
SP
文庫

TEMPORARY ENGAGEMENT

by Jessica Hart

Published by Harlequin Japan,

a Division of K.K. HarperCollins Japan, 2024

ジェシカ・ハート

　ガーナ生まれで、イングランドのオクスフォードシャーの田舎で育つ。土木技師として外国で働く父親に会うため、休暇ごとにアフリカ各地やニューギニアを訪れた。大学卒業後はウエイトレスから英語の教師まで、数多くの職種に就き、海外生活も経験した。現在はイングランド北部のヨークに暮らす。

◆主要登場人物

フローラ・メーソン……………臨時秘書。
セバスチャン・ニコルズ……フローラの元ボーイフレンド。愛称セブ。
マット・ダベンポート………会社社長。
ページ……………………………マットの個人秘書。フローラの親友。
ベネチア・ホッグス……………マットのガールフレンド。モデル。
ネル・ダベンポート……………マットの母親。

1

「来た来た」滑走路の向こう、ターミナルの方角から姿を現した流線型の黒い車を、パイロットが顎でしゃくってみせた。「では僕は操縦席につくとしよう。マット・ダベンポートは待たされるのが嫌いだからね。幸運を祈るよ」彼はフローラにウインクしてタラップを駆け上がった。

「ありがとう」フローラはうつろな声で答え、気のめいる思いで近づく車を眺めた。五月だというのに季節はずれの冷たい風が吹きつけている。顔にかかる髪が目に入らないよう彼女は首を振り、少しでも温まろうとバッグを胸に抱きしめて足踏みをした。もっと厚手の上着を着てくればよかったという思いが脳裏をよぎる。こんなに早起きしたのも久しぶりだ。マット・ダベンポートがいつも朝七時から仕事を始めるような人でないといいのだけれど。

車は自家用機のタラップの前で止まり、運転手がすばやく降りて後部座席のドアを開けた。ブリーフケースを持った男性が降りるのを見て、フローラは足踏みするのをやめ、機敏で有能に見えるよう努めた。だが降り立った男性は若く、真剣な表情をしている。みんなが恐れている暴君マット・ダベンポートがこの人であるはずはない、と彼女は確信した。

その瞬間、リムジンから別の男性が降り立った。一度も会ったことはなくても、この人こそマット・ダベンポートだとフローラにはすぐわかった。背が高く、髪は黒い。携帯電話を片方の耳に当てているので顔はよく見えないが、全身にみなぎる力強さは間違えようがない。肩のあたりに表れた尊大さ、力強い歩き方、そしてブリーフケースを持った若い男性に向かっていらだたしげに指を鳴らす様子はまさに暴君だ。

〝心配ないわよ。うまくやるから〟親友のページに向かって陽気に言ってのけたのはゆうべのことなのに、いまのフローラにはとても〝うまくやれる〟とは思えなかった。

マット・ダベンポートは若い男性と何やら話したかと思うといきなり向きを変え、なおも電話で話しながら、タラップの下で待っているフローラの方へまっすぐ歩いてきた。彼女は背筋を伸ばし、とっておきの笑みを浮かべた。

彼はフローラを無視して通り過ぎた。彼女はあきれて開いた口がふさがらなかった。

「あの……ミスター・ダベンポートではありませんか？」急いであとを追い、尋ねる。

「誰だね？」彼は耳から電話を離したが、歩調はゆるめなかった。

「あなたの新しい個人秘書、フローラ・メーソンです」息を切らして答える。「こちらで待つように言われました」

マット・ダベンポートはタラップに足をかけて立ち止まり、電話を下ろした。射るようなまなざしで一瞬フローラを見つめたあと、彼はタラップを上りはじめた。

「君しかいなかったのか?」

「ええ……というか、きょうは試しに来てみるよう、あなたの会社のかたに言われたんです。ページが推薦してくれました。彼女が仕事に復帰できるまであなたは臨時の個人秘書が必要だからと」

タラップのてっぺんでマットが急に立ち止まったので、フローラはぶつかってしまった。

「君がページの友達なのか?」身なりの乱れたこの女性と、礼儀正しくて洗練された、非の打ちどころがない自分の個人秘書との間に共通点があるとは、彼には信じられなかった。

「ええ」がっしりした体にぶつかった衝撃で息もつけず、フローラは取り乱した。「ページが人事課に私を推薦してくれたので、きのう連絡をいただいたんです」

マットはまたしてもフローラをじっと見つめたあと、何やらぶつぶつ言った。「よほど人がいないとみえる! 速記は?」

「できます、でも……」

「フランス語は話せる?」

「はい」

「いいだろう」マットはそっけなく言った。「きょうの様子を見て決めよう。それにいまからほかの人間を探すには遅すぎる」

彼は機内に乗りこみ、明るい笑顔で出迎えた客室乗務員を完全に無視して電話を続けた。なんていやな人かしら！　マット・ダベンポートの名前を口にするたび、彼を知る人がみなそろって顔をしかめる理由がフローラにも理解できるような気がした。タラップの最後の一段を上ると、先ほどの乗務員の同情するような視線と出合った。彼女は〝幸運を祈ってるわ〟と口だけを動かしている。

フローラは自家用機に乗った経験がなかったので、興味深くあたりを見まわした。室内はクリーム色で統一されており、ゆったりした座席は革張りで、いかにも贅沢《ぜいたく》な内装だ。唯一、豪華で居心地のよい雰囲気を壊しているのはその持ち主だった。

マット・ダベンポートは客室の中ほどの座席を選び、フローラの方を向いて座った。髪を気にしなくてすむようになったいま、彼女は初めて相手をじっくりと眺めることができた。彼にはどこか憂鬱《ゆううつ》そうで近寄りがたいところがある。浅黒い肌に黒い髪、そして厳しい顔立ち。無情なまでに決断力がありそうだ。人生に対して勝手気ままな取り組み方をしているフローラとは正反対のタイプに思われる。残念だわ、と彼女は思った。笑ったらどんなに表情が変わるだろうかと相手の口元を眺めながら、彼女は思いをめぐらした。もちろん笑うことがあったらの話だけれど。

「八百万が最終オファーだ」マットは電話に向かってどなった。しばらく相手の言葉に耳を傾けていた彼の顔を、いらだたしげな表情がよぎった。「言うとおりにすればいいんだ！」彼は別れの挨拶《あいさつ》もなしに携帯電話を荒々しく閉じた。

そのとき客室の向こうの端から自分を見守っているフローラに気づいて、マットはますます不機嫌な顔になった。

「君！　名前はなんだったかな？」

「フローラ・メーソンです」

「そんなところで何をしている？」マットは電話を持った手で自分の向かいの席を指した。「ここへ座りたまえ！」

「はい、ご主人さま！」フローラは相手に聞こえないようにつぶやいた。

マットは通路を歩いてくるフローラを観察し、感心できないと思った。けっして美しいとは言えないが、きちんと身なりを整えれば悪くはないかもしれない。いまはまったくどうしようもない状態だ。髪が顔にまつわりつき、服装は突拍子もない。袖《そで》なしのトップにしわくちゃのコットンの上着、それにこともあろうにピンクのスカート！　ページだったら、あんなに短い丈のスカートをはくなどとは考えもしないだろう。脚がきれいなのは認めよう。しかし、ページが着るようなオーソドックスなグレーのスーツを着てほしいものだ。

フローラが向かいの席にどさっと気軽に座ったことにも、マットはいらだちを感じた。

速記用のノートを取り出して静かに待つかわりに、彼女は足元にあったバッグの中をしきりに探っていたかと思うとヘアブラシを取り出した。驚くマットの目の前で頭を前に倒し、彼女は髪をとかしはじめた。

「これでましになったわ」勢いよく髪を後ろに流して顔を上げ、フローラはマットにほほ笑みかけた。

まっすぐこちらを見つめる青い目と目が合ったマットは、一瞬たじろいだ。急に彼女が平凡な女性には見えなくなったからだ。

マットは微笑を返さなかった。フローラに不意を衝《つ》かれたかたちだったが、彼はそのような感情には慣れていなかった。

「君は経験豊富な個人秘書だとページが言っていたような気がするんだが?」マットは疑わしげに尋ねた。

彼の声はその冷たい緑の瞳同様、冷ややかで硬い感じがする。アメリカ人は温かくてすてきな声をしているとフローラはつねづね思っていただけに、残念な気がした。あの口元だったら温かいシロップのような声をしているべきなのに。でもまあ、いいわ。彼と結婚しようというわけじゃない。三カ月間我慢すればいいだけのことですもの。きょうの〝面接〟に合格すればの話だけれど。

「そのとおりです」フローラは姿勢を正し、経験豊富な個人秘書らしく見せようとした。

マットは納得がいかないようだった。「僕には君が優秀な個人秘書には見えないんだが」

「見かけはあてにならないって言うでしょう」

マットは、〝イギリスの友人〟についてページが書いたメモを探していたが、フローラの言葉を聞いて顔を上げた。彼は射るようなまなざしをフローラに向けた。

「つねに評判を維持しなければならない会社が社長秘書として君を雇っていたというなら、まったく人は見かけによらないものだ」マットの言葉は辛辣《しんらつ》だった。「見るがいい。髪はくしゃくしゃ、上着はしわだらけで肩からすべり落ちそうだし、スカートは短すぎる。それにいままで出会った個人秘書の中で仕事場に袖なしを着てきた者はいない。君がはいているような場違いな靴をはいてきた者もだ」

フローラは身を乗り出した。「人は見かけによらないものだということは、あなたこそ知っているべきよ。あなたはとてもすてきな人だから、私は楽しく仕事ができるだろうってページは言ってたわ」

一瞬、マットは自分の耳を疑った。秘書の中には彼が声を発するとおじけづく者がいる。ある者は震え、またある者は涙を流した。挑戦的にこちらを見つめ、口答えをした者などひとりもいなかった。

「君が生意気だとはページは言ってなかったよ」マットが険悪な調子で言った。

「あなたがユーモアのセンスのない人だとは聞いていなかったわ」気づいたときには、フローラは言い返していた。

「君はこの仕事に就きたいんじゃないのか？」

しまった。言いすぎたわ。フローラはページとのやりとりを思い出した。

「お願いよ、フローラ。ママが来週入院するの。順調にいっても三カ月は世話が必要だわ。ママの入院中、私はイギリスにいるわけにはいかないのよ。ニューヨークにいられれば問題はないんだけど、ミスター・ダベンポートはヨーロッパでの取り引きの準備をする間ロンドンに滞在したいと言ってるの。どうしても個人秘書が必要だわ」

「ページ、エレックスは大企業よ」フローラは当然の疑問を口にした。「私だって名前を知ってるわ。その会社の社長が秘書を探せないなんて信じられない。ロンドン事務所の誰かを一時的に昇格させればいいじゃないの」

「できることはできるわよ」ページはどこか曖昧《あいまい》に言った。「実はね、フローラ。ミスター・ダベンポートはけっして仕事をしやすい上司ではないわ。いえ、誤解しないで。本当はとてもいい人なの。ときとしてわがままっていうのかしら。彼がロンドンに着いてから秘書候補の女性を五人も試したんだけど、どの人もだめだったの。最終的に私の意見をきかれたのであなたを推薦したというわけ」

「でもページ、ばりばり仕事をしている重役たちのことなんて、私は何も知らないのよ」

「秘書として必要な技能は全部身につけているじゃないの」ページが指摘した。「すぐに慣れるわよ。それにあなたはフランス語に堪能《たんのう》だし。今度のヨーロッパの取り引きにはとても大事なことなの。何より重要なのは、あなたならミスター・ダベンポートなんか怖くないでしょう。それどころか、お互いに気が合うと思うのよ」

「ロンドンには有能な個人秘書がいくらでもいると思うけれど。広告を出したらどう？」

「私が代わりの人を探せない場合はそうすることになってるの。問題はそこなのよ。大勢の個人秘書が私のポストを欲しがると思うわ。でも、もし有能な人が見つかってミスター・ダベンポートがその人に慣れてしまったら、ママが回復したときに私が必要でなくなるわ」

フローラはにやりとせずにいられなかった。「私はそれほど有能じゃないからあなたの代わりをしてほしいってことね？」

「とんでもない！　そうじゃないわ。ただ……いまの仕事が気に入ってるから失いたくないのよ。あなたならずっと続けたくはないことがわかっているから。あなたにはやりたいことがたくさんあるんですもの。でも借金を返済するまでは銀行の支配人があなたの旅行を認めないって言ってたでしょう？　それでどうかと思ったの。マット・ダベンポートは高給を払うわよ、フローラ。三カ月で世界一周の航空券が買えるくらいのお金は手に入るうえ、私のポストも安泰というわけ。お願いだから引き受けると言って！」

実のところ、おだてられる必要はなかった。現在の臨時秘書としてのフローラの収入では生活するのがやっとで、借越残高やクレジットカードの請求書を清算するどころではない。両方を一度に清算できるという考えは魅力的だったし、ページの気難しい上司とうまくやっていくのもそんなに大変とは思われなかった。

だが実際にマット・ダベンポートに会ったいま、うまくやっていくのはなまやさしいことではないと思えてきた。フローラは用心深く相手を観察した。相手も無慈悲な目で彼女を見つめている。

私は本当にこの仕事に就きたいのだろうか？　フローラはページがどんなに感謝していたかを思い出すと同時に、銀行支配人のデスクに小切手を投げつけ、南国の陽光めざして飛行機に飛び乗る自分の姿を想像した。

「はい」フローラは断固とした態度で返事をした。

「それならいまのような生意気な発言は控えることだ」鋭い口調でマットが言い放った。

「ごめんなさい。でも私だって、何を着ようかとゆうべはずいぶん考えたのよ。きょうはしゃれた服装でパリへ行きたかったのに、そこまで場違いと言われるのはつらいわ」

マットは信じられないといった表情でフローラを眺めた。「それが君の考えるおしゃれなのか？」

フローラは上着とスエードのスカートを見下ろした。「これしかないんですもの。誰もがブランド品を買えるわけじゃないのよ」

「そのようだね」マットは興味をいだいている自分に気づき、テーブルごしにフローラを観察した。肩にかかるなめらかな髪は、金髪よりは濃いが茶色とも言えない。とかしたので少しはましになったものの、髪だけでなく何もかもがくだけすぎている。最小限の化粧、あとからあわてて塗った口紅、長い脚にはストッキングもはいていない。イギリス人はもっと堅苦しくて礼儀正しい人種ではなかったのだろうか？　ここにいるイギリス人にはそんな様子はみじんもない。

とはいえフローラは充分魅力的だとマットは認めざるを得なかった。だが頑固そうな顎と驚くばかりに青い瞳はトラブル以外の何物でもないと思われた。彼女がこの仕事に適していないのは明らかだ。彼が求めているのはページの代わりが務まる有能な個人秘書で、生意気な口をきく女ではない。

「会社のトップの秘書としての経験は全然なさそうだね？」

フローラは躊躇《ちゅうちょ》したが、少ししてから認めた。「はい」いまさら取りつくろっても意味がない。正直に話したほうがよさそうだと思った。「でもかえってそれがプラスになると思うの」大胆にも彼女は付け加えた。

「それはまたどういうわけだ？」マットはあざけるような表情で尋ねた。

「前に実業界の大物と仕事した経験があったら、あなたと比較する誘惑に駆られるかもしれないわ」

「僕と比較するだって?」

「ええ、そうよ。〝あら、ミスターXはカリブ海にいくつも島を持ってるのよ〟とか〝あら、ミスターYはリムジンにいつも冷えたシャンパンを用意してあるわよ〟とか。そんなことをされたらいらいらするでしょう?」

「するだろうね」マットは我ながら楽しんでいる自分に気づいた。「君の言うようにいつもシャンパンをがぶ飲みしたり自分の島で遊んでいたりすれば、事業の統率力をまたたく間に失ってしまうだろう。ページにきけばわかるが、僕は自分の時間の大半をオフィスで過ごす。彼女は出張の手配もしてくれるが、自家用機の手配をするより書類を処理するのに追われていることのほうが多いはずだ」

「それならどうしてトップの秘書経験が必要なのかしら?」フローラが逆襲すると、マットはため息をもらした。

「なぜなら、同じようなレベルの人間の下で仕事をした経験があれば、思慮深さやプロ意識の重要性、僕を外界から守ると同時に僕の顔にもなる必要性のあることがすでに理解できているはずだからだ。君が僕のオフィスの前に座っていては僕の評判は台なしだ。君がしかるべきイメージを体現しているとは言えないだろう?」

「どうして?」傷ついたフローラが尋ねた。

「君ではあまりに……リラックスしすぎているからだ」

「私だって努力したらそれらしく見えると思うわ。もちろん冗談だけど」

「冗談の言える個人秘書に用はない」冷酷な声でマットが言った。「機密を要する仕事にかかわる以上、信用できる人間が必要なんだ。有能で、仕事に打ちこめて分別のある人間という意味だ。これまでの話では君にそのような素質があるとは思えない」

「試してみなくちゃわからないでしょう。正直言って、私は有能なのよ。速記はできるし、どんな機種のコンピューターでも使えるわ。覚えは早いし、仕事が忙しいのは苦にならない。一度に数カ月以上その忙しさが続かなければの話だけど。あなたの場合、三カ月以上は私を必要としていないんだから問題ないでしょう」

「ほかにどんな素質があるんだね？」マットは皮肉な調子を隠そうとはしなかった。

「フランス語を流暢《りゅうちょう》に話せるわ。ドイツ語も話せるけれど、フランス語ほどではないの」

「ほかには？」

「ページが推薦してくれたわ」

ページはこの四年間、マットの個人秘書を務めてきた。彼はページの判断は尊重していた。フローラほど似つかわしくない人を推薦するのはページらしくない。だが、この女性には目に見えない何かがあるのかもしれない、と彼は思い直した。

「ページがいてくれさえすれば」マットはひとり言のように言った。

「お母さんが病気の間は無理ね。私で我慢するしかないんじゃないかしら」

「どうしてそんなに僕と仕事をしたいんだ？」マットが疑わしげに尋ねた。

「短期間でできるだけたくさん稼げる仕事が欲しいの。あなたなら高給を払ってくれるってページが言ってたから」

「給料の話をするには早すぎる。きょうの目的は君を試すことだ。君に満足な仕事ができるかどうか見極める。そしてもし君のフランス語が期待どおりなら、三カ月間だけ雇うことを検討しよう。現段階ではそれしか言えないな」

「きっとご期待にそってみせるわ」

マットは何やらつぶやいて書類に目を戻した。「様子を見てから決めよう」

「すてきな飛行機ね。この座席は居心地がよくて、寝てしまいそうだわ」

「これは休暇じゃないんだ。君は仕事をしに来ているんだぞ」マットは冷たい視線を投げかけた。

「そうだったわ」フローラは倒した座席をもとに戻し、ノートとペンをバッグから探し出した。

フローラがノートを開く間も与えず、マットは仕事を始めた。彼はメモや手紙を猛烈なスピードで口述し、客室乗務員がコーヒーを運んできたときも〝ありがとう〟すら言わなかった。フローラはコーヒーに口をつける暇もなかった。

幸いマットの電話が鳴り、彼は口述を中断した。フローラはぬるくなったコーヒーを大急ぎで飲み、電話が終わるのを待ちかまえて口をはさんだ。「きょうはいったい何をするのか教えてもらえないかしら？　そのほうが都合がいいと思うの」

マットは顔をしかめた。「きょう来る前に話を聞かなかったのか？」

「聞いてないわ。ページの話だと何かヨーロッパでの取り引きに関係しているとか。人事課から電話をもらったときは、きょうパリへ行くということだけで」

「何について話をするかも知らないで、どうやって通訳をするつもりだったんだ？　出発する前に尋ねるべきだったな」

「そんな暇はなかったわ。だからいまきいているんです」

「仕方がないな。エレックスがどういう会社かは知っているだろうね？」

「エレクトロニクス関係の会社でしょう」マットがそれ以上詳しくきかないことを、フローラは祈った。

幸運にもマットは彼女の返事に満足したようだった。「エレックスは現在アメリカのエレクトロニクス業界でも一流の会社のひとつで、世界的な規模で事業を拡大しようと計画しているところだ。ヨーロッパには大きな市場の可能性があって、エレックスもなんとか食いこみたいと思っている。大事なプロジェクトなので僕が自分で監督したい。だからロンドンを拠点にするつもりだ。ニューヨークからでもできないことはないが、実際に人と会って取り引きをしたい。そこで君が必要なんだ」

「というと?」フローラは用心深く言った。

「目下フランスでの合併買収に専念している。僕もフランス語はわかるが、話すのは得意ではない。フランス人の話のメモを取って、必要に応じて僕に通訳してほしいんだ。できるかな?」

「もちろん」専門用語がわかるかどうか内心あやぶんだものの、フローラは答えた。いま不安を口にしても意味はない。

マットは飛行機に乗っている間じゅうずっと口述を続けた。そして着陸するや待ち受けるリムジンへ足早に向かい、肩ごしに命令を出しつづけた。フローラはマットの後ろからなんとかついていきながら必死でメモを取った。

フローラはリムジンの座席に身を沈めてパリの街並みを楽しみたかったが、マットはひたすら口述を続けた。

最初の会合に到着するころフローラの顔は紅潮していた。彼女は身を投げ出すように椅子に座り、ひと息ついた。マットが挨拶を交わしている間に上着を脱いで椅子の背にかけたが、脱がなければよかったとすぐに後悔した。きちんとした身なりのフランス人秘書たちの軽蔑《けいべつ》するような視線に気づき、フローラは自分が着ている服の貧弱さを感じた。

マットもとがめるような目つきでフローラを見つめている。重要な課題に耳を傾けようとしているのに、彼女のあらわな腕に注意をそらされている自分に彼はいらだっていた。ビーチへ行く途中に立ち寄ったような格好の個人秘書を連れてきた僕を、フランス人たちはどう思っているだろう。フランス語は堪能かもしれないが、エレックスのイメージにとっていいはずがない。マットはフローラの耳元でささやいた。「とにかく上着を着るんだ！」

フローラは仕方なく上着を着て座ったものの、ますます暑くなる一方だった。昼食をとる暇もなく、一日じゅう会議が続いた。

夕方帰りの飛行機に乗りこんだときには、フローラは疲れ果てていた。通路をよろよろと歩き、座席に倒れこんで大きなため息とともに靴を脱いだ。「楽になったわ！」椅子の背にもたれ、彼女はほっとして目を閉じた。

最後の会議に関するメモを口述しようとしていたマットは、柄にもなくいらだちと良心の呵責《かしゃく》の入りまじった気持ちでフローラを見つめ、確かに彼女は疲れている、と思った。最初に会ったときには想像もできなかったほど役に立つことを、フローラは証明してみせた。このだらしのない身なりとは裏腹に、少しは知性がありそうだし、きょう一日、マットが課したすべてのことをやり遂げたのだ。彼女のフランス語はずば抜けていて、交渉に臨んだフランス人たちも彼女の技量に好反応を示した。

彼女が人を取り乱させるようなところがあるのは残念だ、とマットは思った。彼が必要としているのは、控えめで、必要なときに必要な情報を提供してくれ、それ以外は目立たない人間だ。フローラが目立たずにいられるなどとは想像もできない。

　マットはいかなる場合でも、検討中の課題に集中できる能力を誇りにしてきた。なぜフローラのような女性にその集中力を乱されるのだろう。彼女が隣でおとなしく座っているだけでも意識の端にちらちらすることに、彼はいらだっていた。特別美しいわけでもない。鼻は大きすぎるし、顎は見るからに頑固そうだ。こうやってフローラが目を閉じていると、ごく平凡な女性だと自分に言い聞かせることができるのだが。

　マットは突然、なぜだか説明のつかない衝動に駆られた。フローラの上にかがみこんで彼女の顔から乱れた髪をいくすじか払い、温かそうな肌に指を這《は》わせてみたい。

　まるでマットの考えが聞こえたかのように、フローラが目を開けた。彼は視線をそらす間もなく、情熱的な青い目と目が合ってしまった。思いがけなく心臓をぎゅっとつかまれたような気がして、しばらくは彼女を見つめ返すことしかできなかった。ようやく視線をそらすことができたとき、マットはひどく動揺していた。

　冷たい緑の瞳に浮かんだ表情が奇妙だったので、フローラは指で自分の唇に触れた。私は口を開けて寝ていたのかしら？　マットはなぜあんなふうに私を見つめていたの？　彼の表情がどういう意味なのか、フローラには想像もつかなかった。ただなぜか胸がどきどきして落ち着かない。

「眠ってしまったみたいね」気づまりな沈黙を破るようにフローラは言った。「長い一日だったわ」

「僕と仕事がしたいなら長時間労働に慣れてもらわないと」マットがぶっきらぼうに応じた。

その言葉の意味に気づいて、フローラの顔がぱっと明るくなった。「採用してくれるの？」

たったいま、フローラがいると気が散ると判断したばかりではなかったのか？　しかし、彼女がきょう一日よく働いたのは事実だ。僕が必要以上に無理をさせても彼女は一度として不平を言わなかった。ほかに誰もいないし、求人広告を出したところで何週間もかかるかもしれない……。

「いまでもこの仕事に就きたくて、君にできると思うなら、採用だ」

フローラの笑みは安堵《あんど》の色に輝いた。「後悔はさせないわ」

マットには後悔しない自信はなかった。

2

マットはやっとの思いでフローラの顔から視線をそらして窓の外に目を転じた。だが、彼女の笑顔が目に焼きついて離れない。

「ページとはどういう知り合いなのかな?」彼は唐突にフローラに尋ねた。ページがマットの下で働くようになって四年がたつ。いままでの個人秘書の中でページはいちばん優秀だったが、あまりに控えめなので彼女についてはほとんど何も知らないと言っていい。ページの顔を思い浮かべようとしても、浮かんでくるのは目がきらきら輝いているフローラの顔だった。「君たち二人は全然似ていないと思うが」

「確かに似ていないわね」フローラは同意した。「ページが信じられないくらい冷静で忍耐強いのはご存じでしょう」忍耐強くなければマット・ダベンポートの個人秘書として四年間も務まらないと思ったが、口にはしなかった。

フローラがどういうつもりで言ったのか、マットが承知しているのは明らかだ。「知っているとも」

「そのうえ、何をやらせてもいやになるほど完璧《かんぺき》にこなすの。憎めるといいんだけど、私たちにはできなかったわ。あまりにいい人なんですもの」

「私たち？」

「大学のあるグループで一緒だったということ。ページは交換留学生として来たのよ。私同様、彼女もフランス語を勉強していた。同じ寄宿舎に住んで、それ以来ずっと連絡を取り合ってきたわ」

マットは注意深くフローラを眺めた。もっともらしい話に聞こえたが、落ち着きがあって優雅な物腰のページが、フローラのような女性と何か共通点があるとは思えなかった。

「ページはどうしても君を試してほしい様子だった。何か理由でも？」

「私が定職に興味がないことを、彼女は知っているから」フローラは慎重に言った。「それに少し前、借金を返すのにどうしてもお金が欲しいという話をしたことがあって。だからページは一時的に自分の代わりをするには私が理想的だと思ったのよ」

「僕だったら〝理想的〟という言葉は選ばないだろうけどね」マットがあざけるような表情で応じた。

「私の言いたいことはわかるでしょう。あなたは高給を支払うポストを埋める必要があるし、私はお給料のいい三カ月間の仕事を探している。あなたはフランス語の話せる人が必要で、私はフランス語を話せる」フローラは意味ありげに両手を広げた。「私たちはお似合いのカップルというわけよ、ダーリン！」彼女は冗談めかして言った。

奇妙な沈黙が続いた。なんてばかなことを言ったのかしら！

フローラはしぶしぶマットと目を合わせた。冷たい緑の瞳からは彼が何を考えているのか読めなかったが、彼女は自分の頬が次第に紅潮するのがわかった。「ある意味でということよ」弱々しく付け加える。

「君の言いたいことはわかる。だが〝理想的〟な技能を持っていながら定職を探していないのはどういうわけなんだ？」

「数カ月以上続けようと思う仕事に出合ったことがないの。派遣社員として仕事をするのは退屈なときもあるけれど、次にどこへ行くのかわからないのは好きだし、いやな仕事だったらその週末には辞められる。いずれにしても、本当は旅行をしたいの」

「僕が払う予定の莫大《ばくだい》な給料を貯金するつもりなのか？」

「そのとおりよ。昔から貯金は得意じゃなかったけれど、今度ははっきりした計画があるからいままでよりは簡単なはずだわ」

「それで、その計画というのは？」

「言ったでしょう。旅行したいの」

「それはわかったが、どこへ？」

「世界じゅうよ！」

フローラの答えに、マットはため息をついた。

「なるほど、はっきりした計画だな」

「ありとあらゆるものを見たいの！　世界が私を待っているのよ。ヨーロッパしか旅行したことがないから、違うものを見たいわ。ジャングルの中の道を切り開いたり、ランドローバーに乗って砂漠を横切ったり。白い砂浜に寝そべって椰子《やし》の実が落ちる音に耳を傾ける。野生のきりんが走りまわるのも見たい。初めての味、初めての匂《にお》い……」

軽蔑《けいべつ》したようなマットの表情を見て、フローラは話をやめた。

「銀行の支配人と同じで、あなたも〝ちゃんとした仕事〟を見つけて落ち着いたほうがいいと思っているんでしょう？」

マットは肩をすくめた。「君はロマンチストなんだね」口調にも軽蔑がこもっている。

「セブもそう言うのよね」

「セブって誰？」

「ボーイフレンド――というより元ボーイフレンド。大学時代以来つきあっているんだけれど、旅行のことであんまりけんかするものだから、ただの友達でいようと決めたの。世界一周をするために二、三年仕事を休むことに、彼は意義を見いだせなかったのよ」

「良識のある人に思えるが」

「あなたにはね。あなたとセブがそうしたいのなら仕事に集中すればいいのよ。だけど、私は少しは人生を楽しみたいの。彼がロンドンにいることに固執したのにはがっかりしたけれど、ひとりになってよかったわ」

マットは窓の外を眺めた。「いまは誰ともつきあっていないというわけか？」

「すべてを投げ出して私と一緒に来てくれる人が見つかるまではね。だけどそんな人はいないような気がするわ」

「それを聞いてうれしいよ」

フローラの心臓は奇妙な宙返りを打って、もとの位置におさまった。なぜか息切れがしていた。「えっ？　どうして？」

「僕の個人秘書には必要なだけオフィスにいてほしいし、きょうのように急な出張にもすぐ来られる態勢でいてほしい。デートに遅れるとか、僕たちが一緒に過ごす時間が長すぎるとか文句を言うようなボーイフレンドは困るんだ。僕の個人秘書には、家庭に邪魔されることなく僕のことだけに集中してほしい。僕と一緒に働くなら、僕のことを最優先してもらうよ、フローラ」

「旅行ができるように借越残高を返済するのが最優先事項だわ。あなたは二番目ね」

困惑したマットはフローラをじっと見つめ、笑いながら言った。「君は度胸があるよ、フローラ。それは認める！」

今度はフローラのほうが面食らった。笑うとマットは別人のようだったからだ。予想外の魅力に彼女は動揺した。自分のまわりの空気が蒸発してしまったみたいで、息苦しかった。

「正直なだけよ」フローラは力なくつぶやいた。

マットは笑みを浮かべたまま、テーブルの向こうからフローラを見つめている。「わかった。ページが戻るまできょうのように一生懸命仕事をしてくれたら、僕は二番目で我慢しよう」

「これで話は決まりね」


八時二十五分。フローラはもう一度時計を確かめた。

〝八時半には着いているように〟ゆうべ飛行機から降りるときにマットは言った。〝ああ、それにその髪、なんとかするように〟彼はそれだけ言って待機している車の方へ歩き出し、フローラは哀れにもひとり滑走路に取り残されたのだった。

社長室へ向かうエレベーターの中で、彼女は鏡に映る自分の姿を点検した。今朝、ずいぶん時間をかけて髪を後ろで編んだのだが、ほかの女性のようにきれいにはできなかった。三つ編みが曲がっているのにマットが気づかないことを願うばかりだ。

服装に関する彼の痛烈なコメントのあとだけに、フローラはベージュのロングスカートにシンプルな半袖《そで》のシャツを着ていた。少なくともきょうの服装が適当でないとはマットも言えないだろう。

驚いたことに、〝社長室〟と書かれたドアを開けてもマットの姿はどこにもなかった。宮殿のような部屋だったのでマットのオフィスに違いないと思ったのだが、さらに奥にあるドアの前のデスクを見て、フローラはここが自分のオフィスであることに気づいた。

彼女はデスクの前に座り、引き出しを開けた。中身は整然と片づいている。次に電子機器に注意を向ける。半分は見たこともないものばかりだ。必要に迫られたら考えることにしようと決めて、彼女はクッションのきいた椅子の座り心地を試した。

人生こうでなくては！　これからの三カ月間は贅沢《ぜいたく》な環境の中で仕事をするんだわ。フローラは両腕を伸ばし、歓声とともに椅子をぐるっとまわした。

ちょうどそこへマットが入ってきた。彼はフローラの面影がいつまでもちらついていることにいらだっていた。なんとか忘れることができたと思うたびに、青い瞳や揺れるやわらかい髪、膝の形が浮かんできて、オフィスに到着するころにはすっかり不機嫌になっていた。そのとき椅子に座って陽気にぐるぐるまわっているフローラを目にしたのだ。彼はよけい不機嫌になった。彼女にはどこか無視できない存在感がある。

マットの姿を見て、フローラはあわてて椅子を止めた。

「こんにちは」フローラは弱々しく言って顔を赤らめた。混乱した気持ちをごまかそうと立ち上がる。

「ああ、君か」マットが挨拶《あいさつ》代わりに言った。なぜか自分が当惑していることに気づいて彼はたじろいだ。フローラの第一印象は記憶どおりだったが、いまは顔にかからないよう髪を編んでいる。ロングスカートをはき、控えめなブラウスを着て、きちんとベルトを締めている。しゃれた服装ではないにしろ、少なくともオフィスにふさわしい。

まっすぐにこちらを見つめる青い瞳は、マットが覚えているとおりだった。丈の長いスカートがかえってフローラの脚を思い出させるのも、地味なヘアスタイルが喉の線を強調しているのも、彼女の責任でないことは承知していた。

理屈ではそれがわかっていたが、マットはいらだちを抑えることができなかった。「その椅子で何をしていたんだ?」彼はぶっきらぼうに尋ねた。

「何もしていません。ただ……どんな調子かと思って」

「どんな調子か知りたかったらコンピューターのスイッチを入れてみることだ!」マットはぴしゃりと言い、オフィスへ大股で歩いていった。「それよりノートを持って、僕の部屋に来てくれ。電話が鳴りはじめる前に手紙をいくつか口述したい」

フローラはためらいながらマットを見つめた。「いまですか?」

「そう、いまだ!　いつだと思ったんだ?」

「始める前にコーヒーでもいかがですか?」

マットは顔をしかめた。

「いらない。ここはオフィスだ。コーヒーショップじゃない。飲みたければ言うよ。そして自分のオフィスで君に口述筆記してほしければそう言う。聞こえなかったのか」

フローラはため息を押し殺した。「わかりました」デスクの引き出しをあちこち開けて、彼女はノートとペンを探した。

ようやく目当てのものを見つけてマットのオフィスに行くと、彼はデスクに向かっており、すぐにでも仕事を始める態勢だった。フローラがノートを開く間もなくマットは口述を始めた。

「ちょっと待って」数分後、フローラが言った。彼女の手の筋肉はすでに痙攣《けいれん》を起こしていて、マットのスピードについていくのは不可能だった。

マットはしぶしぶ待ちながら指でいらだたしげにデスクをたたき、何か考えこむような目でフローラを見つめた。

彼女の髪が肩にゆったりと垂れている様子など思い出せなければいいのに、とマットは考えていた。きょう着ているシャツが控えめなのはけっこうだが、きのう着ていたトップがどんなにぴったりと彼女の体にフィットしていたかをかえって思い出してしまう。

「いいわ」フローラは顔を上げた。焦点の定まらない妙な表情を浮かべたマットがこちらを眺めている。彼女の言葉が耳に入らなかったようなので、注意を引こうと手を振った。

「続けてもかまいませんけれど」彼女は辛抱強く説明した。

しばしうつろな表情でフローラを見ていたマットは、自分が何を考えていたかに気づいて我に返った。

「最後のほうの文章を読み返してくれ。これからはちゃんとついてくるように!」自分に腹を立て、彼はぶっきらぼうに言った。

マットが腹立ちまぎれに手紙を何通か猛スピードで口述したので、ようやく解放されたときにはフローラはへとへとになっていた。

「そのパリ宛《あて》の手紙は急ぎだ。タイプできたらサインするからすぐにファックスで送ってくれ」

そんなに急いでいるならなぜほかの手紙にあんなにも時間をかけたのか尋ねたかったが、フローラは黙っていることにした。お金のことを考えなさい、と自分に言い聞かせる。青い礁湖《ラグーン》や風にそよぐ椰子の木のことを考えるのよ。

「急ぎと言ったはずだ」マットがとがめるように言った。

「私にどうしろというの? ドアまでダッシュしろとでも?」

「急ぎがどういう意味か知っているなら、少しでも態度で示してくれるといいんだが」

「急ぎとはコーヒーの一杯も飲まずにすぐにタイプしろという意味よね。その間に喉が渇いて死にそうになってもそんな些細《ささい》なことはどうでもいい。ファックスが三十秒でも早く届くほうが大事なんでしょう?」

「さっさと仕事しないとほかの原因で死ぬことになるぞ！」マットは激怒して言ったが、すでにフローラの姿はなかった。彼は信じられない思いで呆然《ぼうぜん》とドアを見つめた。彼女のような秘書は初めてだ。彼女は僕をいつも怒らせてばかりいる。まったく腹立たしい。

マットは自分がゆうに五分はドアをにらみつけていたことに気づいた。秘書のことを考えて時間をむだにするとは！　彼女がここで働くのはせいぜい数週間だ。そんな女性のことを考えるより、もっと大事なことに時間を使わなければ。

マットは財務報告書を引き寄せ、乱暴に開いてフローラのことを忘れようと努めた。

一方フローラはページの言葉を苦々しく思い出していた。〝ミスター・ダベンポートはけっして仕事をしやすい上司ではないわ〟

「まったく！」フローラは勢いよくコンピューターのスイッチを入れた。マットの個人秘書としてページの代わりを務めることに同意する前に、何事も控えめに言う彼女の才能についてどうして思い出さなかったのだろう？　けっして仕事をしやすい上司ではない、どころじゃないわ。すてきな笑顔だろうとなかろうと、彼は自己中心的で、理不尽で、とんでもなく気難しい人だ！

フローラが憤慨しながらキーボードをたたいていると、マットが乱暴にドアを開けて強い調子で尋ねた。「まだ終わらないのか？」

彼が威圧的な態度で戸口に立っているのは意識したものの、フローラは画面から目を離そうとはしなかった。「まだちょっと」彼女は歯を食いしばったまま答えた。

「〝まだちょっと〟だと？　それは、どういう意味だ？」

「一通目の手紙は終わって二通目をタイプしはじめたところで、あと五通は残っているということです」フローラは厳しい口調で言った。「もう！」マットが部屋の中をうろうろしているので打ち間違えてしまった。

「いったい何をしていたんだ？　とっくに終わっていると思ったのに！　ページだったらもう全部終わって、いまごろファックスがパリのしかるべきデスクに届いているころだ！」

「いくらページだって光の速さでタイプはできないわ！　これでもできるだけ早くしているんです」傷ついたフローラが言った。

歩きまわっていたマットが、彼女のデスクにやってきた。彼はプリントアウトした手紙を取り上げ、不機嫌な表情のまま黙って読んだ。ひとつも間違いがないことに、彼はわけもなく腹が立った。レイアウトにも落ち度はない。予想を裏切られた思いでペンを取り出し、彼は手紙の最後にサインをした。

「僕が自分でファックスしたほうがよさそうだ」マットは皮肉たっぷりに言った。「少なくとも一通届くことは確かだ」

フローラは歯を食いしばった。「それは助かります」

マットは一瞬フローラをにらみつけたあとファクシミリ機のところへ歩み寄り、紙を押しこんで電話番号を押した。ページなら僕にこんなことは絶対させないはずだ。自分でファックスを流すなんて何年ぶりだろう!

待っている間、マットはフローラの方を不機嫌そうに眺めた。彼女はこちらを完全に無視してタイプを続けている。窓から差しこむ光が、茶色に近い彼女の髪を金色に覆っていた。

送信が終わった音がして、マットは夢想から現実に引き戻された。彼はフローラから無理やり視線をそらした。またしても彼女のことに意識を奪われた自分に腹が立つ。

マットは急に向きを変え、窓に向かって顔をしかめた。ページの母親はどうしてこんなときに病気にならなければならなかったのだろう? 彼はページの優雅さや秘書としての技量が懐かしかった。ページには人を落ち着かせる何かがあるのに、フローラはそこに座っているだけでなぜか神経をいらいらさせる。

「それで? ほかのはまだできないのか?」彼は振り向きざまどなった。

フローラは〝印刷〟をクリックしながら、彼の背中に悪意に満ちた視線を投げかけた。

「もう少しです」

マットはじっとしていられない様子だった。部屋の中を歩きまわってはときどきフローラの肩ごしにのぞきこみ、まだかと尋ねた。彼女はすんでのところで彼をひっぱたくのを思いとどまった。

「どうしてそんなに時間がかかるんだ？」たまりかねたマットが詰問した。

「あなたがうろうろしたり、十秒ごとに終わったかときいたりしなければ、もっと早く終わるかもしれません！　気が変になりそうだわ！」

フローラがいまほど不機嫌でなかったら、マットの表情を見て笑い出したかもしれない。彼は当惑しきった表情をしている。彼がどれほど人の気にさわるか、面と向かって言った人はいままでいなかったのだろうか？

「ページは気にしていなかったが」しばらくして、マットは口を開いた。

「私は気になるのよ。残りの手紙ができたら持っていきます。私をひとりにしてくださったらずっと早く終わるんですけど！」フローラは再びノートの方へ向き直った。「そこにいて私を困らせること以外にすることがないのなら、コーヒーを持ってきてくださらないかしら」彼女は下を向いたまま辛辣《しんらつ》に言った。

もちろん彼女は本気ではなかったのだが、マットはくるりと背を向け、大股で部屋をあとにした。

マットが戻ってきたとき、フローラはわざと画面から視線をそらさなかった。彼の行動に興味を持っていると思わせるつもりはない。すると次の瞬間、彼女の視界に入るようキーボードの隣にコーヒーカップが置かれ、フローラの指は空中で止まった。

「コーヒーです、お嬢さん」マットが皮肉たっぷりの声で言った。

フローラはコーヒーカップをじっと見つめてから、ゆっくりと目を上げた。自分の行為に困惑しているかのようにマットがこちらを見守っているのを見て、彼女の怒りはまたたく間に消えた。それほど理不尽な人ではないのかもしれないわ。マットが自分で飲み物を持ってくる羽目になったのは久しぶりのことだろう。コーヒーの自動販売機でもないかとうろうろしている彼の姿を想像し、彼女はおかしくてたまらなくなった。

「ありがとう」フローラは笑いをこらえて言った。だが彼女の青い瞳がおもしろがっているのを、マットは見逃さなかった。

「何がそんなにおかしいんだ？」自分でもどうしてフローラのためにコーヒーを探しに行ったのかわからない。

「べつに。あなたがコーヒーをいれているところを想像しただけよ。そうしょっちゅうあることではないでしょうね」

「企業開発課の女性に場所をきいたんだ。僕がまるで宇宙人か何かのように見ていたよ。コーヒーがどこにあるのか尋ねられたことがないような顔をしていた。とんだピエロさ」

フローラは我慢できずに吹き出した。「それはそれは、どうもありがとう」

「コーヒーのことで君にこれ以上文句を言われないようにするには、それしか方法がなかったんだ」マットはぶっきらぼうに応じ、何気なくフローラの目をのぞきこんだ。温かく青いその目は笑みをたたえている。いつしかマットもほほ笑み返していた。

二人の間の空気に緊張がみなぎる。まるで空気が振動しているようだ。次の瞬間、二人同時に視線をそらした。妙に当惑を覚えたフローラは咳《せき》払いをした。

「あの……先ほどの手紙、終わりました。いまプリントアウトしているもので最後です」

「よし」マットはことさら無愛想に言った。二人の間の温かい雰囲気が壊れてしまったことに対する説明しがたい不満を隠そうとした結果だった。彼はフローラのデスクに両手をつき、彼女が示した手紙の内容を読むのに集中しようとした。

フローラはいつの間にか、自分の手の近くにあるマットの手を眺めていた。まるで男性の手を初めて見たような気がする。彼のシャツの袖はまくり上げられ、たくましい腕がむき出しになっている。ごつごつした指の関節やなめらかな肌を目にするうち、彼女は突然マットの圧倒的な男らしさに引きつけられた。上司としてでもなければ成功をおさめたビジネスマンとしてでもない。彼が男性として意識されたのだ。フローラの喉はからからになり、体の奥深いところで何かがうずいた。

彼の小指とフローラの小指は何ミリと離れていない。ほんのわずか手を動かせば触れるほどの距離だ。二人の小指の間に電気が走るのが見えるようだ。誘惑に負けそうになったフローラがはっと息をのんで自分の手を引っこめたので、マットは顔を上げた。

「どうかした?」

「いえ、べつに。私……あの……手紙をファックスで送ってきます。なんといっても急ぎですものね」

「ああ……そうだな」マットは困ったような顔をした。まるで、先ほどまであんなに急ぎだと言っていたのを忘れたかのようだ。最後の手紙にサインをしてフローラに渡し、彼はしぶしぶデスクを離れた。「それじゃ、仕事を続けてくれ」

昼ごろには、フローラはへとへとに疲れていた。そのときドアが開き、女性が入ってきた。背の高い、かなり痩《や》せた女性で、目が大きく、美しい頬骨をしている。ブロンドの髪は計算されたように垂れており、官能的な魅力にあふれている。

フローラはどこかで彼女に会ったことがあるような気がしたが、受話器をひとつ耳に当て、もうひとつを肩にのせ、三つ目を保留にしたまま書類を捜していたので、深く考えている余裕はなかった。

その女性は物憂げな様子で肘掛け椅子に身を沈めた。「私が来たことをマットに伝えてくださらない?」

「勘弁してほしいわ」フローラは小さくひとり言を言い、またしても通話を保留にした。

「マットには邪魔しないように言われているんです。お約束ですか?」

「もちろんよ」女性は軽蔑したような視線を投げかけた。

フローラは歯を食いしばった。「お名前は?」

「私だと言えばわかるわ」とげのある声だ。

〝私〟ですって? うんざりしたフローラはマットのインターコムを鳴らした。「〝私〟と名乗るかたがおみえになっています」

「なんの話だ?」

「〝私〟というお客さまです」

マットが腹立たしげにため息をついた。「ベネチアのことだろう。なぜそう言わないんだ?」

読心術の心得があるわけではないとフローラが言おうとしたときには、回線はすでに切れていた。少なくとも女性に見覚えのある理由がわかった。ベネチア・ホッブスはファッション雑誌のモデルとしてニューフェースの呼び声が高い。

フローラが受話器を取り上げ、誰がどの回線だったか思い出そうとしているところへ、マットが姿を現した。ベネチアは信じられないほど長い脚を伸ばして立ち上がり、マットの唇にキスをした。その光景を目にしたフローラは、電話に集中するのに苦労した。

ベネチアの大げさな挨拶を、マットは通りいっぺんのジェスチャーで返した。彼はベネチアの肩ごしにフローラが電話の応対をしているのを見たが、青い瞳にさげすむような何かが浮かんだのを感じて、ベネチアから体を離した。

「例のレストラン、予約してくれたかい？」

「レストラン？」

「一時に〈ル・サングリエ〉だ」

「レストランを予約するようには言われていません」

「言った」マットが反駁《はんばく》した。

「いいえ、聞いていません」

マットは怒り出した。「絶対に言った。先週からわかっていた約束だ」

「まことに申し訳ありません」フローラはわざとらしく卑下してみせた。「テレパシーの試験に落第したこと、お話ししませんでしたか？」

「フローラ、生意気な口をきくんじゃない。前にも忠告したはずだ。予約をしていないんなら、すぐに電話をして、僕たちがそちらへ向かっていると言うんだ」

フローラは保留中の電話の数を困惑したように眺めた。「公園でサンドイッチでもいいかが？　すばらしいお天気ですよ」

マットは眉を寄せた。彼がフローラをどなりつける前に、ベネチアが割って入った。

「マット、サンドイッチは食べられないわ。私がグルテン・アレルギーでパンが食べられないのを知ってるでしょう」

「ではすぐに電話します。でも満席かもしれないわ。その場合はどこかほかのレストランをあたってみましょうか?」

「だめだ。テーブルを用意するように言え。君がロンドンじゅうのレストランに電話をする間ここで待つつもりはない」

ベネチアがマットの腕にからみつき、そのまま二人は出ていった。どこまで傲慢《ごうまん》なの? 〈ル・サングリエ〉のテーブルを予約するには普通少なくとも六カ月前には申しこまなければならない。フローラはダイヤルしながら先方が断ってくれればいいのにと願っていたが、期待に反して、マットの名前を告げたとたん魔法のように席が取れた。

だいたいベネチアほど痩せた人を食事に連れていってなんになるの? レタスか生のにんじんをもてあそぶだけでしょう。ベネチアは細長い虫みたいで抱き心地がいいとは思えないけれど、マットは痩せた女性が好きなようだ。

フローラは自分の曲線美を見下ろし、ため息をこらえて仕事に戻った。

3

フローラはそれからの二週間、これまでの人生では考えられなかったほど一生懸命仕事をした。昼食をとる暇もないのは美容上いいことだと彼女は自分を慰めた。また、毎朝マットより先にオフィスに到着しようと地下鉄の駅のエスカレーターを駆け上がったので、体調は非常によくなった。

ある日マットが社長室のドアを開けたとき、片手でヨーグルトを食べながら、もう片方の手でコンピューターのファイルを捜している秘書の姿が目に入り、彼は顔をしかめた。まったく、フローラのとっぴな振る舞いには驚くばかりだ！

彼女はこの仕事にはふさわしくない。マットはいらいらと自分に言い聞かせた。少しでも分別があるならとっくに彼女を首にしているところだ。しかしフローラは驚くほど有能な個人秘書だった。

「いったい何を食べているんだ？」

「昼食よ。低脂肪ヨーグルト。ぞっとするわ」

「どうしてちゃんとした食事をしないんだ?」

フローラは空になった容器をごみ箱めがけて投げこんだ。「ヨーグルトを食べる時間があるだけでもラッキーよ。それに、体にもいいし。数週間後に舞踏会に行くんだけれど、減量しないとドレスが着られないわ」

「僕には問題なさそうに見えるが」この二週間、フローラのほどよい曲線がベネチアのような細い女性と好対照なのを、マットは無視しようと努めてきた。「少なくとも、午後になると君が不機嫌な理由がわかったよ。これしか食べていないなら無理もない」

「いつも不機嫌だなんてことはないわ!」

「いや、君は機嫌が悪い」マットはきっぱりと言った。「ときどき自分の部屋から出るのが怖いことがある。僕と一緒に来ないか? 午後はすることが山ほどあるんだ。君の機嫌がいいほうが助かる」

「お昼に出かけるなんてできないわ」フローラは主張した。「することがありすぎるくらいなのに」

「一時間待てない用件なんてないさ」自分の言葉にマット自身驚いたが、どれほど彼女に来てほしいかと願っていることに気づいて、彼は困惑した。「まだおなかがすいているんだろう?」

「ぺこぺこよ」

まもなく二人はオフィスからさほど遠くないレストランに座っていた。

フローラはダイエットのことなどすっかり忘れて注文した。このような場所へ毎日昼食に誘われるわけではないのだから、せいぜい楽しまなくては。

マットは楽しげにフローラを眺めていた。こんなにも食事を楽しむ女性を見るのは気分転換になっていいものだ。きのうはベネチア・ホップスを夕食に連れていったのだが、漠然とした不満を感じずにはいられなかった。ベネチアの性的魅力は否定できないものの、マットは食事中に何度か倦怠《けんたい》感を覚えた。美しさや教養、性的魅力の点で、フローラはベネチアにとうてい及ばないが、フローラに退屈させられるなど想像もできなかった。頭にくることはある。マットを悩ませたり、憤慨させたり、挑発したりすることはあっても、退屈させるなんてことはまずないだろう。それだけは確かだ。

フローラはおいしそうにバターロールを食べながら店内を見まわしていたが、マットが目に不思議な表情を浮かべてこちらを見守っているのに気づいて、バターロールを皿に戻した。彼女は必死で話題を探した。

「観光は楽しんでます?」それだけ言うのがやっとだった。

「観光?」マットは黒い眉をつり上げた。

「ゆうべ地下鉄の中であなたの新聞記事を読んでいたの。ロンドンへ引っ越してきたことや、ベネチア・ホップスがあなたを案内してまわっていることについて書かれていたわ」

「ほかには?」

「あなたがどんなにお金持ちで結婚相手として望ましいか、とか。それからベネチアとの関係についてかなり濃厚に匂《にお》わせてあったわ。あなたがロンドンへ引っ越したのは彼女が原因だって」

「そんなくだらない記事を読んで時間をむだにすることはないだろうに」

「ちょっと研究していただけよ。上司のことを少しは知っておいたほうがいいと思って」

「新聞記事からは何もわからないよ」マットはつっけんどんに言った。「僕のことが知りたければ、ゴシップに頼らないで本人にきくことだな」

「わかったわ。ベネチアと一緒に暮らすというのは本当?」

「とんでもない! 僕はホテルのスイートに泊まっている。ヨーロッパでの取り引きが成立するまではホテルにいるつもりだ」

「どうして家を借りないの? 六カ月もの間ホテルにいるよりはいいんじゃないかしら?」

マットは肩をすくめた。「ホテルのほうが性に合ってるんだ。年末にはニューヨークに戻るんだから家を借りるまでもない」

「あなたにとって、ニューヨークが故郷ということなの?」

なぜかその質問にマットは不意を衝《つ》かれた格好になった。「そういうことだろうね。エレックスの本社があるところだし」

「それはそうだけれど、どこに住んでいるの?」

「オフィスの近く、マンハッタンにアパートメントがある。母はロングアイランドに住んでいる。僕はそこで育ったから、週末はたいていロングアイランドで過ごすんだ」

「すてきね。ロングアイランドでの週末なんて。立派な家なんでしょうね?」

「二人には大きすぎる。父は僕が八歳のときに亡くなったので、母と二人だけだった」

「寂しかった?」

「母がいれば寂しくはなかった。パーティが好きで、家はいつも人であふれていたよ」

「寂しいのとひとりぼっちというのとは別よ」フローラが優しく言うと、マットが鋭い視線を投げかけた。

「君の言うとおりだ。僕にとってひとりになることは贅沢《ぜいたく》なことだ。数年前、モンタナに牧場を買ったんだ。馬に乗ってただ地平線めざして走らせるのが好きでね。本当に自由になれるのはあそこだけだ」

「なんでも手に入れた人にしてはおかしな言葉ね。そんな気分になれるんだったら、私なら牧場から離れないわね」

「僕は会社を経営しなければならないんだ。みんな投げ出してしまうわけにはいかない」

「どうして? お金がないわけじゃないのに。これ以上必要ないでしょう」

「君は金の働きがわかっていないようだ」

「不思議ね。銀行の支配人が同じことを言うのよ！　それで？」

「続けろ、と？」マットはフローラが笑ったときに自分を襲った奇妙な感情を振り払おうと懸命だった。「何について？」

「あなたの話を聞かせて」

「どうして知りたいんだ？」

「興味があるの。それに、アメリカのことを聞きたいの。いつか行ってみたいわ」

「何を知りたい？」

「そうね……。モンタナ以外にはどこへ行くの？　子供のころ、休暇にはどこへ行ったの？」

「夏はマーサズビンヤード島で過ごしたものだ。小さいころの思い出のひとつは両親にはさまれて海岸を散歩したことだな。僕は二人の手にぶら下がり、両親は笑っていた。父はよく僕をヨット遊びに連れていってくれた」マットは記憶の鮮明さに動揺した。いままで忘れていたことなのに。

突然、彼の視線はフローラの青い目と合い、現実に引き戻された。

「みんな昔のことだ。あそこへはもう何年も行っていない」

「いまは休暇にどこへ行くの？」

「セーリングをしにバージン諸島へ行ったり、スキーをするにはアスペンへ行くし、ひとりになりたいときは牧場へ行く」

「何もかもうっとりするようだわ」フローラがうらやましげに言った。「私は毎年スコットランドへ連れていかれたわ。行く間ずっと、車の後ろでけんかばかりしてた」

「きょうだいは？」

「兄と弟がいるわ。いつも言い争っていたけど、いまは仲よしよ」

「僕は弟か妹が欲しかったな。ハーバードへ行ってからはどうでもよくなったが、子供のころは家族が欲しかった。父が亡くなって、エレックスの支配権を握るだけの株を相続した。何もする必要はなかったものの、いずれ大きな責任が待っていることはわかっていた。父には高い理想があって、僕はその期待にそうようにしなければならなかった。八歳の子供には容易なことではなかった。父が亡くなってからは、母も会社も僕の責任だと感じた。弟か妹がいたら責任を分担できたのに」

「やっぱり寂しかったのね？」

「そういうことかな」これまで誰にも話したことのない話をフローラに話している自分に気づき、マットは顔をしかめた。どうして彼女にこんな話をしたのだろう？「ちょっと失礼」携帯電話を取り出しながら、彼は言った。「東京市場を確かめたいんだ」

フローラはまつげの下から、電話をしているマットを見つめていた。彼が急に黙ってしまったのが残念だったが、フローラは驚かなかった。人前で自分の感情を見せるのは自分の弱みをさらすことだと彼は信じているに違いない。

そのあと食事が終わるまで、マットは私的な話をいっさいしなかった。フローラに私的な話をしたことを後悔しているのだろう。彼女はそのような質問をしたことに罪悪感を覚えた。

マットは再び入りこめない壁の向こうに隠れてしまった。彼は昼食以来、フローラを警戒しているようだった。仕事のうえでもいつにも増して要求度は高く、彼女は緊張しどおしだった。その翌日から数日間マットがニューヨークに戻ることになり、フローラはほっとした。

ところがマットが出かけてしまうと、フローラは彼がいなくて寂しがっている自分に気づいた。電話が鳴るたびに、声の主が彼であることを期待した。たとえそれが矢継ぎ早の命令でもいいと思っていたので、三日後に彼がオフィスに入ってきたとき、フローラは自分でもこっけいに思えるほどうれしかった。

一方マットは、ニューヨークに戻ることになったとき、しばらくフローラと離れるチャンスができてほっとした。いまや彼女の存在が彼には悩みの種になっている。ニューヨークでの数日間が物事の優先順位を思い出させてくれることを期待していた。ニューヨークで仕事を手伝ってくれた女性は有能で、思慮深さを絵に描《か》いたような人だった。にもかかわらず、フローラが何をしているだろうかといつの間にか考えている自分に気づき、マットは愕然《がくぜん》とした。

彼はそのつど腹を立ててはフローラのイメージを払いのける始末だった。彼女とは距離を置こうと決心してロンドンへ戻ってきたのだが、オフィスに一歩足を踏み入れたとたん、目に飛びこんできたのは笑みを浮かべて立っているフローラだった。そしてなぜかマットもほほ笑み返していた。

「あしたまで帰らないのかと思っていたわ」

マットは、彼女に歩み寄ってキスをしたいという欲望をどうにか抑えた。もちろん、単なる挨拶《あいさつ》の意味にすぎないが。

「フランスの合併の話がようやく動き出したんだ。ゆうべパリの事務所と話をした。来週の水曜日までに手続きを終わらせなくてはならない。忙しくなるぞ」

続く一週間はあわただしかった。フローラは朝八時にはオフィスに入り、夜十時まで働いた。マットはいつものように無愛想な彼に戻っていた。電話に向かってどなったり、理不尽な要求をしながら前触れもなく部屋から飛び出してきたり、〝お願い〟も〝ありがとう〟も言わずにフローラのデスクに山のように仕事を置いていったりした。それでいて、マットがいるとすべてがより生き生きと感じられるのは不思議だった。

ついに準備が完了した。しかし、マットが書類を全部持ってひとりでパリへ行くことを知ったフローラは落胆した。

「向こうで君のすることはない。オフィスに残っていままでどおり仕事を続けてくれ」彼の言葉はそっけなかった。

不公平だわ。契約の当日、フローラはふくれていた。マットのいないオフィスは活気がない。彼女はかつてないほど憂鬱《ゆううつ》な気持ちを抱えて、初めて定時に帰宅した。

翌日出社すると、デスクに大きな花束が置かれていた。

「君にだ」オフィスの戸口に姿を現したマットが言った。

「私に？」フローラは大喜びで両腕に花束をかきいだいた。ほほ笑みを浮かべながらうっとりするような香りを吸いこむ。

「よく働いてくれたお礼だ。パリに連れていかなくて悪かった」一瞬間を置いてから、マットは言った。「君がいなくて寂しかったよ」

「本当に？」

腕に花束を抱えて日差しの中に立っているフローラの姿に、マットは喉をごくりとさせた。「みんな寂しがってたよ」そっけなく言うなりくるりと背を向け、彼は自分のオフィスに戻っていった。

取り残されたフローラは、閉められたドアを困惑した面持ちで眺めていた。

君がいなくて寂しかった、と彼は言った。フローラは花束を見下ろしてほほ笑んだ。

水を張ったバケツに花を入れてから、彼女はマットのオフィスのドアをノックした。彼はラップトップ・コンピューターに向かって仕事をしている。

「お花のお礼が言いたくて。とてもきれいだわ」

ぼんやりとコンピューターの画面を眺めながら、もっと別の言い方をすればよかったと悔やんでいたマットは、フローラの言葉に目を上げた。「気に入ってよかった。君がいなかったら水曜日には間に合わなかっただろう」彼は立ち上がり、フローラの方へやってきた。「君の勤勉さに感謝しているよ。ときとして僕が扱いにくいことは承知している」

フローラはほほ笑んだ。「扱いにくくはないわ。まったく我慢がならないだけ！」彼女はからかった。

「わかってる」マットが応じたので、二人とも笑ってしまった。

いったん笑いはじめると止めるのは不可能だった。二人の間に自然にわいた温かな感情が、何か不思議で平静を失わせるような感情に変わっていることに、二人は同時に気づいた。二人とも動くことも言葉を発することもできないまま、しばらくの間互いに見つめ合っていた。

そのときフローラのオフィスの電話が鳴った。「私……その……電話に出るわ」中断されてほっとしながらもその場を離れるのが惜しいとでもいうように、フローラはドアの方へあとずさりした。

電話の主がベネチア・ホッブスだとわかって、フローラの喜びはかき消された。マットは一瞬ためらいを見せたあと、ぶっきらぼうに言った。「つないでくれ」

何を期待していたというの？　私に花束をプレゼントしてくれたからほかの女性とは二度と口をきかないとでも思ったの？　私は一生懸命に仕事をした。親切な上司なら誰もがするように、マットは感謝の意を表したまでのことだ。二人の関係にわずかでも変化が生じたと思うのはばかげている。

昼休み、フローラはいちばん下の引き出しにしまっておいたパンフレットを取り出し、決然としてページをめくった。そろそろ旅行の計画に本腰を入れなければならない。オーストラリアに直行するか、それとも東南アジア経由でオーストラリアに行くか、決めなければならなかった。どこかのレストランでマット・ダベンポートと食事している場合じゃないのよ。そうでしょう？

一方、マットも昼食を楽しんではいなかった。とっさにベネチアを誘ってしまったのは、フローラがほほ笑んで立っているのを見て、彼女にキスをしたらどんな感じがするだろうと考えている自分に気づいて動揺したせいだった。だがベネチアが電話してきてよかった。彼女のような女性といれば安心だ。感情的に深入りしようものなら僕が離れていくのがわかるだけの理性を持ち合わせているからだ。

それなら、両腕に花束を抱えて夏空のように温かい目をしていたフローラのことばかり思い出しているのはなぜだろう？

個人秘書に仕事の邪魔をされてなるものか。マットは断固として決心した。

フローラが自分のことをどう思おうと気にするものかとばかり、それからの二週間、マットは何人もの女性を次々と誘った。どの女性にも、永続する関係でないことだけははっきりさせるように注意は怠らなかった。

マットの行動に失望を感じながらも、フローラも断固として決心した。私には私の人生がある。マットが頭の空っぽなブロンド女性ばかり誘っているとしても、それは彼の問題だ。

それでもある金曜日、マットが昼食に出かけて五時まで帰らなかったときはさすがのフローラもむっとした。彼がフローラを自分のオフィスに呼び、急ぎの手紙を口述したいと言ったとき、彼女はついに爆発した。

「五時十五分過ぎよ！」

「それがどうかしたかな？」読んでいる手紙から目も上げずに、マットが尋ねた。

フローラは彼をにらみつけた。「驚くかもしれませんけど、私にはこのオフィス以外にも生活があるんです！　今夜は行くところがあるので失礼するわ」

マットが顔を上げた。「デートかい？」

自分に魅力を感じてくれる人もいるのだと見せつけるために、フローラはデートのふりをしようかとも思ったが、やめておいた。「いいえ。コベントガーデンで友達と会うことになっていて、六時には行くと言ってあるんです」

「少しばかり遅れてもどうということはないだろう？」いらだたしげにマットが言った。

「五時までとっておかないで今朝仕事をくだされば遅れなくてもすんだのに。あなたにかかるとなんでも〝急ぎ〟なんだから！」

「このレベルのビジネスになるとそういうものなんだ」

「頭の空っぽなお相手との四時間におよぶ昼食のどこがビジネスなの？　そんなことをする暇があるのに、急ぎが聞いてあきれるわ。あなたがその気になったときだけ急ぎなのはなぜかしら？」

「参考までに言っておくが、昼食は一時間足らずだった。それからまっすぐシティでの会合に出席して午後はずっとそこで過ごした。その結果として三千万ドルの取り引きの詳細をニューヨークへ送れるというわけだ。もっとも、自分の個人秘書が五時には仕事を放棄すると言い出す前の話だがね！」

「仕事を放棄したわけじゃないわ。ひと晩じゅうオフィスで過ごしたくはないと指摘したまでです。大事な用件ならもちろん残るわ」

「とんでもない！」マットはばかにしたように両手を上げた。「そんなことはさせられないよ！　君のデートと比べたら三千万ドルなんて重要じゃない」

「デートじゃないって言ってるでしょう。友達に会うだけよ」フローラはノートを開き、座ろうとした。「いちばん急を要するものから言っていただければ――」

「とんでもない！」マットは手を振ってフローラを椅子から追いやった。「僕はただの雇主だ。身分不相応な望みをいだいたことをお許しください。君の楽しみの邪魔をして仕事をさせるつもりは毛頭ない！」

「いいこと、さっきも言ったとおり――」フローラは言いかけた言葉をのみこんだ。マットは椅子から急いで立ち上がり、皮肉たっぷりに彼女をドアの方へ送り出そうとしている。

「さあ、行った行った。楽しんでおいで！ 僕やエレックスの将来なんて心配することはない。三千万ドルがなんだっていうんだ？」

ここまでくるとフローラもかなり腹が立って、返事をする気にもなれなかった。オフィスに残って手紙のタイプをさせてくれとマットに頼むくらいなら死んだほうがましだ！フローラは上着をはおり、バッグを手に持った。「時間どおりに退社させてくれてありがとう」マットに負けないくらいの皮肉をこめて礼を言い、彼女は大股に社長室をあとにした。ドアを乱暴に閉める誘惑だけはかろうじて抑えながら。

マットはそこまで抑制がきかなかった。床を踏み鳴らしつつ自分のオフィスに戻り、勢いよくドアを閉めた。その拍子に近くのテーブルに積んであったファイルの山が揺れ、いちばん上の二冊がすべり落ちて中身が床に散乱した。それを見て、マットの怒りはますます燃え上がった。

彼は自分がなぜ腹を立てているのかわからなくなった。口述しようと思っていた手紙は月曜日まで待てないほど急ぐわけではない。それに重要な情報は電子メールでニューヨークへ送れる。

これは信念の問題なのだ。フローラは個人秘書。すなわち、彼が帰っていいと言うまではオフィスに残るべきだ。仕事が残っているのに帰るなど、ページなら夢にも思わないだろう。

デスクに向かいながらマットは顔をしかめ、コンピューターのスイッチを入れた。僕自身、今夜は予定がある。それなら、僕のいないところでフローラが楽しいひとときを過ごすのがこんなにも気になるのはなぜだろう？　まるで何かが歯にはさまったように。彼女はいまごろどこかのバーで友達と談笑しているだろう。マットやエレックスや残してきた仕事のことなど考えもせずに。

ちょうどそのころ、フローラはピカデリーサーカス駅の手前、こんだ地下鉄の車両の中にいた。

地下鉄があまりに遅れたので、集合場所のバーに着いたのは予定より三十分も遅くなってからだった。

「マット・ダベンポートにこき使われていたのかい？」かろうじて隣に割りこんだフロー

ラに向かって、セブが尋ねた。

「まあ、そのようなものね」

セブとの関係は別れてからのほうが順調にいっているものの、野心的なレポーターであるセブが、フローラのことよりもマットに関する情報に興味があることを彼女は忘れなかった。

「僕にインタビューさせてくれるか、マット・ダベンポートにきいてくれた?」フローラにワインをつぎながらセブが尋ねた。

「いいえ」このところセブと会うたびに同じ会話を繰り返している。「マットはインタビューには応じないのよ。前にも話したでしょう。広報部と話して」

「それがだめなんだ。マット自身でなくちゃ。マット・ダベンポートのインタビューが取れたらすごいスクープになるんだ。君ならうまくやれると思うんだけどな」

フローラのルームメイトのジョーが、テーブルの向こうから身を乗り出して話を中断してくれたので、フローラはほっとした。

「フローラ、いま舞踏会の話をしてたんだけど」

ジョーが働いている慈善団体が資金集めのために舞踏会を計画しているのだ。

「チケットの枚数が知りたいのよ。セブはローナと行くからこれで十一枚。それともあなた、もう一枚いる?」

フローラはセブの方を振り向いた。「ローナと?」

「僕たちはお互い別れることに合意したわけだし……」きざな笑みを浮かべてセブが言った。

それは事実だ。だけど、こんなにも早くセブが次の人を見つけるなんて、思いもよらなかった。しかも相手がローナとは! ローナはもう何年もの間セブを誘惑していたのだ。フローラは挑戦的にワインをあおった。少なからずむっとした。セブがほかの女性とつきあうのが気に入らないわけではない。しかしやはり傷ついていた。

「パートナーがいなくてもかまわないさ。どうせグループで行くんだから」

それを聞いてフローラは顎を上げた。「パートナーがいないなんて誰が言ったのよ?」

「じゃあ誰?」

あとになってみれば何かに取りつかれたとしか思えなかったが、フローラはセブの顔からあのうぬぼれた表情を消してやりたい一心で口にしていた。「マット・ダベンポートよ」

「あのマット・ダベンポートが君と舞踏会に行くのか?」

「秘密にしておこうと思ったんだけれど、いままでは私ひとりでどこかへ行くとマットが焼きもちを焼くのよ」フローラはため息まじりに言った。

「あの人は例のモデルとつきあっているのかと思ってたわ」しばらくして、やはりフローラのルームメイトのサラが言葉をはさんだ。

「彼女はただのおとりよ。彼女とつきあっているとメディアが思えば、私とのことをうるさく言わないでしょう」

「マット・ダベンポートと恋愛関係にあるの？」信じられないというようにジョーが言った。「いつから？」

「フランスでの取り引きのことで毎晩遅くまで仕事してるって話したの覚えてる？」ひとたび話し出すと止まらなかった。マットから受けた不当な扱いを思えば、彼の名前を持ち出すことにもさほど罪悪感はない。「仕事なんかじゃなかったのよ。こんなこと初めてだわ。そばに立って契約書を見ていた彼がいきなり私にキスをしたの。それがあまりに情熱的で上手なんですもの、抵抗できなかったのよ！」

「どうしていままで話してくれなかったの？」サラが尋ねた。

「誰にも知られたくなかったからよ」フローラはますます役におぼれていった。「秘密にしていたことでますます燃え上がったわ。でも、マットはもう私に夢中で、人生を分かち合いたいって言うの。もちろん、みんなにも会いたいって。舞踏会がいい機会じゃないかしら」

ジョーが急にいぶかしげな顔をした。「フローラ、マット・ダベンポートを舞踏会に連れてくるなんて、まさか本当じゃないでしょう？」

「嘘《うそ》に決まってるさ。僕たちをからかっているだけだよ」セブがあざ笑った。

いまこそ冗談だと認めて笑うべきだったが、セブがあまりに自信たっぷりだったので、フローラは彼を許せなかった。ローナに嫉妬《しっと》してパートナーをでっち上げたのだとみんなに同情されるのも耐えられない。

フローラは誇らしげに顎を上げ、セブの懐疑的な視線を受けとめた。「そうかしら？ 舞踏会まで待つことね。冗談かどうかわかるわ」

4

舞踏会に一緒に行ってくれるかどうかマットにきく勇気を奮い起こすのに、フローラは一週間近くかかった。みんなには土壇場になって冗談だったと白状するしかないとも思ったが、白状したときのセブの表情を考えると耐えられなかった。

でも、マットに頼んだからといって悪いこともないでしょう？　彼にはガールフレンドが大勢いるのだから、もうひとり別のガールフレンドがいるふりをしてもどうということはないはずだ。フローラはそう自分に言い聞かせた。もしだめだと言われたら――その可能性が高いことは認めるが――ほかのパートナーを探すまでのことだ。

マットになんと言おうか、フローラは地下鉄に乗りながら頭の中で何度も練習した。だが、練習しているときは簡単に思えたのに、なぜか適当なチャンスはなかった。舞踏会まであと十日とせまった水曜日、フローラはついに心を決め、マットに話すことにした。

彼女は深呼吸をした。そして、タイプした手紙の入ったフォルダーを持って彼のオフィスのドアをノックした。

「どうぞ！」無愛想な声が返ってきた。

期待が持てる声には聞こえなかった。フローラが手紙をデスクに置いても、彼は顔を上げもしない。「サインだけしていただければいいんですけれど」彼女はおずおずと言った。

「わかった」

〝ありがとう〟のひと言くらい言ってくれてもいいのにと思ったが、フローラは口には出さなかった。ここ三日間努めて神妙にしてきたので、いまになってそれを台なしにするつもりはない。

フローラは咳《せき》払いをした。「あの……ちょっといいかしら？」

「三十秒なら」マットはコンピューターの画面から目を離さなかった。「それで足りるかな？」

「まさか。〝ちょっといいかしら〟っていうのは、本当は〝いまやっていることをやめて私の話を最後まで聞いてほしい〟という意味なんだけれど」

マットはようやく目を上げた。「僕はただのアメリカ人かもしれないが、英語を話すことにかわりはないんだぞ」

「実はお願いがあるの」フローラが白状した。「あなたのご機嫌のいいときに話そうと思ったのだけれど」

「そういうことなら出直したほうがいい」

「もう何日も前からそうしているわ。あなたが機嫌のいいときなんてないんですもの」

「君は何がなんでも言いたいことを言うつもりなんだな。では僕が本当に機嫌を悪くする前にすませたまえ」

フローラは突然、自信が持てなくなった。「ちょっと面倒なことなの」

「さっさと続けるんだ、フローラ!」マットがどなったので、フローラは彼の向かいの椅子に座りこんだ。

「その……私がセブの話をしたのは覚えているでしょう?」

「いや」

「私の前のボーイフレンドよ。私は旅行がしたかったのに、彼が反対したから別れたの」

「僕の心に深く刻みこまれた話とは言えないが、おぼろげながら思い出したよ」

「いまでも友達なの。別れたからといって悲しかったわけではないし、いまのほうがかえってうまくいっているくらいよ」

「それが僕とどういう関係があるんだ?」マットは顔をしかめた。

「いま話すところよ。彼も含めて友達グループと舞踏会に行くことになっているんだけれど、この前みんなで集まって相談したとき、セブはもう別の女性とつきあっていることがわかったの。彼女をパートナーとして舞踏会に連れていくつもりなのよ」

「それで?」

「それで……私、焼きもちを焼いているわけじゃないわ。ただ……セブがあまりにも早く次の人を見つけたのに腹が立ったのよ」

「要点はなんだ?」マットが意地悪くきいた。

「いま話そうとしているところよ。ローナのことで――セブの新しいガールフレンドの名前よ――みんなは私が焼きもちを焼いていると思ったらしいの。だから私にもパートナーがいるふりをしたわけ。最初は冗談のつもりだったんだけど、あなたと一緒に行くって言ってしまったのよ」

フローラはマットの怒りが爆発するのではないかと思ったが、彼は軽蔑《けいべつ》するように眉を上げただけだった。「なぜ僕がそんなことをしなければならない?」信じられないといった表情だ。

「あなたが私に恋をしているから」マットが喜んでくれるとは思っていなかった。でも、私と舞踏会に行くことなど問題外だと、そこまであからさまにしなくたっていいのに。

「私たち、熱烈に愛し合っているって話したの」

少なくともマットの注意を引きつけることには成功したようだ。

「なんだって?」

「私たちは恋愛関係にあるって、みんなに言ったの。厚かましいのはわかっていたわ。でも、セブの態度に我慢できなかったんですもの。もし来週の土曜日、あなたに何も予定がなかったら、私と一緒に舞踏会に行ってセブに……その……」フローラの声は次第に小さくなっていった。マットに頼んでいることの重大性にようやく気づいたのだ。

「つまりこういうことか」信じられないというようにマットが言った。「君のボーイフレンドに焼きもちを焼かせるために、僕が君を舞踏会に連れていって、ひと晩じゅう、君を口説くふりをしろというのか？」彼はかんかんに怒っていた。フローラのことを考えまいとして何時間もむだにしたというのに、彼女は別の男性をへこませるために僕を利用することしか考えていないとは！

「彼はボーイフレンドじゃないわ」

「それならどうしてそんなに彼に焼きもちを焼かせたいんだ？」

「そうじゃないわ。いいこと、セブは友達で彼のことは好きよ。でも彼はいつだって自分が正しいと思っているの。私が焼きもちを焼いて嘘《うそ》をついていると彼が断定したのが不愉快だったのよ」

フローラはひと息ついた。マットの表情はこわばったままだ。望みがありそうには見えない。

「あなたと舞踏会に行ったときのセブの顔を見られたら、どんなに楽しかったでしょうに。だけどどうでもいいことだわ。この話は忘れてください」

フローラはスカートのしわを伸ばしながら立ち上がり、マットが承知していたらもっと困ったことになっていただろうと反省した。

「あなたが行ってくれるとは思わなかったけれど、きいてみるだけの価値はあると思ったの。代わりにトムに頼もうかしら」

「トムだと?」マットが気色ばんだので、フローラは驚いて彼を見た。

「知っているでしょう。広報部のトム・ゴルスキーよ」

「君が彼を知っているとは思わなかった」マットは怒り心頭に発して歯を食いしばった。フローラは大胆にも妙な作り話をでっち上げたばかりではない。マットに加担させようとしたことを恥じ入るどころか、彼女のばかげた冗談に第三者を引きずりこもうとしているのだ!

「私たち、よくおしゃべりするのよ。もっとイギリス人と知り合いになりたいって、この前も彼は言ってたわ」

「君は彼とも熱烈な関係にあると友達に言うつもりなのか?」考えただけでマットは嫉妬《しっと》を覚えた。

フローラは笑った。「いいえ、みんなが同じ話を信じるとは思えないもの。心配しないで。冗談だったことは、今夜みんなに話すから。私たちが恋愛関係になる可能性なんてまったくないって!」

「そう願いたいね」マットは顔をしかめた。当然ほっとすべきなのに、なぜかそうはならなかった。

こんなにあきれたことを言い出すのはフローラくらいのものだ。マットは怒りと不信と彼女の勇気に対する称賛の気持ちの間で引き裂かれていた。フローラが昔のボーイフレンドに焼きもちを焼かせようとしている間、僕が本当に彼女に秋波を送るとでも思ったのだろうか？　僕は端役を務めたことはないし、もちろん務めたいとも思わない！

マットはその日一日ずっと機嫌が悪かった。お母さまからお電話です、とフローラに告げられて、彼の機嫌はいっそう悪くなった。彼にとって自分の母親とフローラは、知っている人間の中でもっとも腹立たしい人種だと言ってさしつかえない。母と話をする気分ではなかったが、経験上、避けても意味がないことはわかっていた。

「つないでくれ」彼は疲れきったように言った。

マットの電話がようやくすんだとき、フローラは機密性の高いメモをコピーしていた。彼女はマットが戸口に立っているのに気づかないようだったので、彼はコピー機のそばに立っているフローラを観察することができた。フローラは鼻歌を歌いながらそれに合わせて腰を振り、手を振りまわしていた。

「いましていることをやめて、最後まで話を聞いてほしいときに使う表現はなんだったかな？」マットの声に驚いたフローラが振り向いた。

「ちょっといいかしら、のこと？」

「それだ」マットは両手をポケットに入れ、窓際に歩み寄った。

フローラは書類を手際よくそろえてはきれいに束ね、ホチキスで留めた。マットが何も言わないので、結局彼女が尋ねた。「何か話したいことがあるのかしら?」

「そうだ」窓の方を向いていたマットが振り返り、フローラの作業を見て顔をしかめた。

「それをやめて僕の話を聞けないのか?」

「ちょうど終わったところよ。なんなの?」

「君が話していた舞踏会というのはいつだ?」

「もういいのよ。お昼休みにトムに話して、彼に一緒に行ってもらうことにしたから」

「トムはキャンセルしろ」うろうろしながらマットがフローラのデスクに近寄ってきた。

「僕が行く」

フローラは唖然《あぜん》としてマットの顔を見た。「そんなことはできないわ!」

「どうして?」

「もう彼を招待してしまったのよ」有無を言わせないマットの命令に当惑して、フローラが答えた。

「代わりに僕が行くことになったと言えばいい」

「あなたが一緒に行ってくれないからって話したばかりなのよ!」

マットが腹立たしげな声を出した。「僕の気が変わったと言うんだな。僕に一緒に行ってほしいんじゃなかったのか？」

「私も気が変わったのかもしれないわね」フローラは冷たく言い放った。「女性のほうから男性を誘うのはそんなに簡単なことじゃないのよ。でもトムは快く応じてくれたし、やはりトムと一緒に行きたいと思わないでもないわ」

「君のボーイフレンドのことはどうなんだ？　本当に僕と出席したときの彼の顔を見たくないのか？」

フローラがマットの腕に腕をからませて登場したときのセブの表情を見れば、その満足感は何カ月も続くだろう。しかし、彼女は不審に思わずにはいられなかった。

「どうして急に気が変わったの？　私と恋愛関係にあるふりをするくらいなら、死んだほうがましだという印象を受けたけれど？」

「気が進まないのは確かだが、頼みがあるんだ。状況を考えて取り引きをしたい」

「取り引き？」フローラはデスクの自分の椅子に座り、驚いたような顔でマットを見つめた。

「母に僕の顔が立つようにしてくれるなら、舞踏会で君の面目が保てるようにしよう」

フローラは目をまるくしてマットを見た。「お母さまに、なんですって？」

「しばらく母をおとなしくさせたい、と言ったほうがいいかもしれない」

「どうして？　お母さまが何をしたというの？　電話ではすてきなかただと思ったけれ

ど」

「ああ、すてきな人だよ。みんな僕の母のことは大好きさ。彼女の人生の目的は二つ。ひとつは世界じゅうを飛びまわって楽しむこと。もうひとつは僕を結婚させておばあちゃんになることなんだ」マットはため息をついた。「母の話を聞いていると、彼女と確実に訪れるであろう死の間に立ちはだかっているのは、孫が生まれる可能性だけだと言わんばかりだ。体調もいいし、彼女の半分の年もいかない人より元気いっぱいなのに」

マットがこんなにも騒いでいる理由が、フローラにはわからなかった。「母親は誰でもおばあちゃんになりたがるものよ」

「誰もが僕の母のように熱心じゃないだろう。母は僕の結婚相手になりそうな女性を次々と連れてくることに精力を傾けている。僕の意見などまったく無視するんだ！　電話をくれるのは、今度会ったほうがいいと思うすてきな女性のことを知らせるためだけだ。最近では母の友達の娘とかだったな。いまの電話では、あらゆる点で理想的なジョー＝ベスとかいう女性のことばかりだったよ。キルトまで作るっていうんだから、まったく！」

マットが振り返ると、おもしろそうな表情を浮かべたフローラの顔が目に入った。

「冗談ごとじゃないんだ！　そのジョー＝ベスとやらがロンドンへ来るそうだ。母がたきつけたに違いない。彼女のロンドン滞在中に僕に面倒を見てほしいらしいんだ。多国籍企業の経営なんかどうでもいいというのか」

「ベネチアに頼んで助けてもらえばいいじゃないの。あなたは彼女に案内してもらったんでしょう?」

「その必要はない。母には安心するように言ったんだ。僕もついに恋に落ちて結婚するつもりだと」

フローラは冷たい手に心臓をぎゅっとつかまれたような気がしたが、努めて無視した。

「おめでとうございます。幸運な女性は誰?」

「君だ」

フローラは自分のまわりで部屋がぐるぐるまわっている感じに襲われた。沈黙が流れる。彼女は意識をはっきりさせようとして首を振った。「誰ですって?」

「君だ。どうしてこんな話をしていると思う?」

「だけど……そんな……」フローラは言葉に詰まった。「あなたが私となんか結婚するはずがないじゃないの!」

「誰とも結婚なんかしたくはない」いらいらしながらマットが言った。「問題はそこなんだ。結婚相手が見つかったと言えば、母がしばらくは干渉しないでくれるかと思ったんだ」

フローラが口を開こうとしたとき、マットが急いで続けた。

「そんな目で僕を見ないでくれ! 大統領や政治家、世界じゅうの強情な企業家とも渡り合えるんだから、六十代の女性ひとりが問題になるはずがない、と君は思うかもしれない。確かに、僕の人生に干渉しないよう断固として言うべきだ。でも君は僕の母を知らないんだ。どんなに理屈に合った議論でも母には通用しない。聞く耳を持たないいんだよ」

マットはしばらくじっと考えていた。

「母はやはり手ごわかった。夏の間はイタリアでおとなしくしていてくれるはずだったのに、ローマへ行く途中、君に会うためにロンドンに寄ると言い出したんだ」

「どうして私なの？」フローラは弱々しく質問した。

「もとはと言えば、君の考えじゃないか」

フローラは開いた口がふさがらなかった。

「どういう意味？」

「僕たちが恋愛関係にあると友達に言いふらしたのは君だ」マットが指摘する。

「結婚するってお母さまに言ったのは、私じゃないわ！」

「僕がそれを思いついたのは君のせいだ。婚約者の名前をきかれたとき真っ先に浮かんだのが君の名前だった」

少しの間沈黙があった。フローラは自分の頬が紅潮するのがわかった。「秘書と恋に落ちたなんて、お母さまが信じるはずがないわ」

「君の友達は信じたんだろう？」

「それはみんながあなたを知らないからよ。それに、本当に信じたかどうかは疑問だわ」

「舞踏会で二人が一緒のところを見れば信じるだろう」

「どうかしら」じっと座っていられず、フローラは立ち上がった。「私たちの気持ちを疑う男性はいないと思うけれど、女友達をだますとなると話は別よ。ジョーやサラとは長いつきあいなの。あの二人をだますのは不可能だわ」

マットが部屋を横切ってフローラの前に立ったので、彼女は行き場を失ったことに気づいた。フローラは目を大きく開き、警戒するように彼を見返すしかなかった。マットの指がゆっくりと彼女の頬から顎の線をたどり、喉へと下がっていった。

「二人で努力すればできないことはないと思うが、どうだろう？」彼は優しくささやいた。

肌と肌が軽く触れ合っただけなのに、マットの触れた部分だけが燃えているように感じられる。胸の鼓動が耳にまで届き、フローラはやっとの思いで顔をそらしてマットから離れた。

「あなたのガールフレンドの誰かに頼んだらどう？　そのほうがお母さまも信じるんじゃないかしら」

「そうかもしれない。でも、ほかならぬ君と恋に落ちたと言ってしまったんだ。いまさら婚約者の名前を間違えたとは言えないだろう？　それに、僕の知っている女性とこんな取り引きはできないよ」

「できないことはないと思うけれど」

マットは腕組みをした。「彼女たちは本気にするかもしれないし、利用されることに気を悪くするかもしれない」

「それに引き換え、私の気持ちなんてどうでもいいというわけね」フローラは辛辣《しんらつ》に言った。「私はただの個人秘書、利用されることなんか気にしない。そういう意味？」

「それは違う。君なら感情的に巻きこまれる心配はないからさ。君のいちばんの目標は旅行をすることだろう。僕同様、結婚する気がないと君は断言した。お互いの利益が一致したまでのことだ。君は友達に話したことを証明するのに僕が必要で、僕は母に話したことの裏づけをするのに君が必要というわけだ。僕たちが似合いのカップルだと言ったのは、君じゃなかったかな？」

〝私たちはお似合いのカップルというわけよ、ダーリン〟初めて会った日に機内でフローラが口にしたせりふが、二人の間でこだましているようだった。

「あれは冗談よ」

マットはため息をついた。「いいかい。君が僕にしてほしかったことを僕のほうから頼んでいるだけじゃないか。こうしよう。母がロンドンにいる間僕と婚約しているふりをしてくれたら、世界一周の航空券に見合う金額を払おう。夕食をする間の数時間だ。悪い取り引きではないと思うが」

フローラは驚きの目でマットを見つめた。「本気で言ってるの?」

「妥当な条件だろう」マットは横柄にきり返した。

もっとお金を要求しようとしていると思われたことに気づいて、フローラはあわてて同意した。「それはそうね。妥当以上だわ。あなたにとって誰かと結婚するふりをすることがそんなに大事なことなのに驚いただけよ」

「わかってる。母に会えば君も納得するだろう。しばらく僕に花嫁候補を押しつける必要がないと母が思ってくれるなら、それだけ払う価値はあるよ」

「いつかは真実を話さなければならないわ」マットの微笑に息苦しさを覚えながらフローラが言った。

マットは肩をすくめた。「ページが戻ってきて君が旅行に出かけたら、うまくいかなかったと言えばいい。君のことがいつまでも忘れられないと言ったら、母も仲人のまねは少し控えるかもしれない」

「そんなにうまくいくとは思えないけど」

デスクに寄りかかっていたマットはまっすぐ立ち、紅潮したフローラの顔を見つめた。

「そうかな? うまくいかないとも限らないだろう」

すべてが止まったようだった。フローラは必死で視線をそらそうとしたが、できなかった。緑の瞳に見つめられて彼女はその場に立ちすくんだ。心臓が激しく打っている。そして体の奥深く、危険で不穏な何かが渦を巻いていた。

「どうかな?」マットが静かに尋ねた。

「私には……わからないわ」フローラはようやく顔をそむけ、両腕で体を抱くようにして、落ち着きなくデスクを離れた。

「何が問題なんだ? 単純な交換条件じゃないか。僕はひと晩だけ君の恋人を演じ、君も僕のために同じことをする」

「同じじゃないわ。私はお母さまと一対一で会わなければならないのよ。嘘をつくのはいやだわ。婚約していないのにそのふりをするなんて」

「熱烈な恋愛関係にあるふりをして友達をだますのと、僕には同じに思えるけどね」

「違うわ。友達に対してはただの冗談ですむけれど、お母さまには冗談ごととは思えないはずよ。こんなこと、考えつかなければよかった。ばかだったわ」

「どうして? 誰かを傷つけるわけじゃないんだ。それどころか、僕が結婚する可能性があるとわかれば母は喜ぶだろう。僕は静かな生活が取り戻せるし、君は例のボーイフレンドに思い知らせてやることができる。それが君の望みなんだろう?」

フローラはためらった。「考えさせてもらっていいかしら?」

「いいとも」急《せ》かしても仕方がない。「金曜日までに教えてくれるかい?」

フローラはマットの寛容さに驚いた。それからの二日間、マットはこの話題にはいっさい触れず、彼女に圧力をかけるようなことはしなかった。圧力をかけてくれたほうがかえって簡単だったのにとフローラは考えずにはいられなかった。自分がなぜ躊躇《ちゅうちょ》しているのか、自分でも理解できない。舞踏会の件でマットに応援してほしいという望みがかなったのだ。格好の冗談になるし、しばらくはセブをおとなしくさせることができる。彼のお母さまの前で婚約者のふりをするのとどこがそんなに違うの？

フローラは心を決めた。マットが正しかった。これは単純な交換条件だわ。お互いの願いを聞き入れ、そのあとは上司と個人秘書に戻るのよ。どんな方法で手に入れようと、世界一周の航空券にかわりはないのだから。それに、マットと舞踏会に出席したときのセブの顔を見るのは楽しみだ……。

金曜日の夕方、フローラは告げた。「やりましょう」

「よかった。それで、舞踏会はいつだったかな？」

「来週の土曜日なの」

マットは手帳に記入した。「母はその次の水曜日に到着する」

「それで」フローラはぎこちなく尋ねた。「どうすればいいの？」

「何を言うか相談しておいたほうがいいだろう。今夜何か予定はあるかい？」

「パブで友達と会うくらいかしら」

「僕たちが本当に熱烈な恋愛関係にあるとしたら、君が行かなくても友達は驚かないだろう。食事に行こう。どうやって恋人同士を演じるか、相談しようじゃないか」

マットはドアの方へ向かったが、フローラはためらった。「何か特別なことをする必要はないわよね？」

「僕たちが本当に恋人同士だと君の友達や母を納得させたいのなら必要だ。そのためには少々準備がいる。さあ、荷物をまとめて出かけよう」

マットはキングス通りの裏にあるひっそりとしたレストランにフローラを連れていった。こぢんまりとして奥ゆかしく、落ち着ける店だ。ワインリストを眺めている彼を見守りながらフローラは人目が気になった。商談に来るようなレストランではない。恋人を連れてくるようなところだ。テーブルごしに手を握ったり、誰にも見られずにキスをすることができるような。

マットが身を乗り出して私にキスをするというわけではないけれど。フローラは内心ため息をついた。マットがここを選んだのは、彼にふさわしくない私のような女性と会っているところを知り合いに見られる心配がないからにほかならない。

ワイン担当のウエイターが立ち去った。レストランの親密な雰囲気を私が誤解する危険性のないことを示さなくては。フローラは明るく言った。「ベネチア・ホッブスのロンドン案内は上できというべきね。ロンドンには私よりあなたのほうが詳しいんじゃないかしら。キングス通りを何百回となく通ったけれど、このレストランのことは知らなかったわ」

「ロンドンにはこういうレストランが思いもよらないところにけっこうあるんだ。この街が好きな理由のひとつでもあるが」

「ニューヨークが恋しくならない？」

マットはテーブルの向こうにいるフローラのはつらつとした顔、きらきらと輝く目、いつでも笑みがこぼれそうな口元を眺めた。「いまは恋しくないな」

またしても気まずい沈黙が訪れた。今度は彼が何か言う番だとフローラは思ったが、マットは会話がとぎれたことを気にしている様子はない。結局沈黙を破ったのは彼女だった。

「トム・ゴルスキーにはなんて言おうかしら？　この前会ったとき舞踏会に招待したのよ。やっぱり行かなくていいなんて言ったら失礼でしょう」

「トムとはちょっと話をしたよ。彼はこの件を承知している」

「彼と〝ちょっと話をした〟ってどういう意味？　今度の計画を私が承諾しなかったらどうなっていたと思うの？」

「でも君は反対しなかった」

「そんなこと、わからなかったじゃないの」

「僕は何百万ドルもの金を動かす会社の経営者だよ。自分の思うとおりに人を動かすすべは心得ている。ほかのことはともかく、君が世界一周の航空券を断るはずがないことくらいわかるさ」

「一回の夕食代にしてはかなりの額ね」

「母がしばらくの間でも僕にかまわないでいてくれたら安いものだ」

「結婚しない主義だって言えばいいじゃないの」

「それでは嘘になる。生涯をともにする女性とめぐりあわない限り結婚しないという主義だからだよ。体裁上結婚して、うまくいかなかったから数年後に離婚するというようなことはしたくないんだ」

「でも、お母さまだってその考えに賛成なさると思うわ」

「僕は三十八歳だよ。その特別な女性がいまだに見つからないところをみると、これからも無理だろう。だから長期的な関係に興味のない女性とつきあっていたほうが無難だろう。驚いているようだね」

「あなたが〝完璧《かんぺき》でなければ何もいらない〟というタイプの人だとは思わなかっただけよ」

「これでわかっただろう。君はどう? 君もそういうタイプの女性かい?」

フローラはしばらく考えていた。「別な意味でね。いつかは結婚して子供を産みたいと思っているけれど、自分のやりたいことを全部やってからのことだわね。まずは世の中を見たいの。結婚する前に少し人生を楽しみたいわ」

「だから僕の母を納得させるのに君が理想的なんだよ。少なくとも君が感情に流されたりしないことはわかっているからね」

フローラは手にしていたロールパンを眺め、食べたくないことに気づいて皿に戻した。

「ええ、もちろんだわ」

5

絶対彼に心を奪われたりしないわ。フローラは自分に言い聞かせた。マットの母親やフローラの友達に話す筋書をマットは淡々と提案した。私も彼みたいに客観的になれればいいのに。だが冷静に見せようと努力すればするほど、よけい緊張してきつい言い方になってしまうことにフローラは気づいていた。でも、二人がどのように恋に落ちたかとか、マットがどんなふうにプロポーズしたかについて、冷たい態度で話し合うことなどどうしてできるだろう?

マットの口元や手、たくましい肩から、フローラは目を離すことができなかった。彼は触れられるほど近くにいる。マットの話に意識を集中させようとしたが、難しかった。フローラは息苦しくなり、喉をごくりとさせた。こんなことはやめなければ! あたりさわりのない仕事の話に変えるため、彼女は少なからず努力した。一方マットはまるで仕事のことでも話しているような調子で話を進めていたので、そんなフローラの様子には気づいていないらしかった。

しかし実のところ、話題がそれてマットもほっとしていた。二人の関係を尋ねられたときのために筋書を用意しておくのは名案と思われたのだが、感情移入しないようにという試みはとっくに挫折《ざせつ》していた。彼はますますフローラに心を乱されていた。ろうそくの明かりに輝く彼女の肌、瞳の輝き、誘うような唇、顔にかかる髪、何もかもが心を乱す。

食事が終わり、互いの視線を避ける必要がなくなって、マットはほっとした。

「車で送ろう」フローラの反対を無視して、彼は言った。夕食に誘っておいてバスで帰らせるわけにはいかない、とマットは自分に言い訳した。早く食事が終わればいいとあんなに願っていたにもかかわらず、不思議とさよならは言いたくなかった。

フローラが二人の友達と一緒に住んでいるフラットの前に、車が到着した。彼女は少し落ち着きを取り戻し、自分に言い聞かせた。相手は私の上司、マットなのよ。車内で緊張感があったような気がしたのは、ただの思い過ごしだわ。

マットがエンジンを切ったので、フローラは陽気に言った。「それじゃ、また。夕食をありがとう」

「二人の関係についてきかれたら、なんと言うかわかっているだろうね？」

「あまり立ち入ったことをきかれなければね」

マットはフローラの方に向き直った。「きかれると思う？」

彼は女性が女友達とどんな話をしていると思っているのかしら？　株式市場の動向？

「あなたのお母さまはどうかわからないけれど、ジョーやサラはきくでしょうね」フローラは率直に認めた。

「彼女たちはどんなことを知りたがるだろう？」

「そうね……」マットと視線を合わせることができずに、フローラはバッグをもてあそんだ。何も言わなければよかったと彼女は後悔した。冷静で無頓着《むとんちゃく》な態度を装うと誓いを立てたものの、狭い車の中でマットの鋭い視線に見つめられながらそれを実行するのは、容易なことではなかった。「初めて彼とキスしたとき、どんなふうに感じたか、というようなことよ」

「なるほど。君はなんて答えるつもりだい？」尋ねるマットの声に微妙な響きが含まれていた。

「何か考えるわ」

「もっといい考えがある。ここでいま君にキスをしたら、二人ともなんと言えばいいかわかる。どう思う？」

どう思うかですって？　温かくて自信に満ちたマットの指がフローラの顎へとすべり下りる。その瞬間、彼女は何も考えられなくなった。彼の指がかすかに触れただけで胸の空気はすべて外に出てしまったみたいに感じられる。恐怖と期待感が交錯し、フローラは息ができないほどだった。心臓が痛いくらい激しく胸に打ちつけ、口を開こうとしたものの、出てきたのは言葉にならないうめき声だけだった。

マットはフローラの瞳をのぞきこんだ。彼女のうめき声はどういう意味にも解釈できたが、マットの耳にノーとは聞こえなかった。彼はゆっくりと体を傾け、キスをした。食事の間ずっとそのことばかり考えていたのだ。

マットの唇が触れると、フローラは小さな叫び声とともに唇を開いた。それは戦慄《せんりつ》と電気ショックの入りまじったような感覚だった。自分が食事の間ずっと考えていたことがいままさに起ころうとしているのに、彼女はどうしていいか見当もつかなかった。

官能の洪水に抵抗できないままフローラは喜びのため息をもらし、両手を本能的にマットの首にまわしてぴったりと体を合わせた。彼が上司であることも、仕事上の関係にとどめておこうと決心したことも、これは見せかけの恋愛であることも、すべて忘れていた。

事態が容易ならない方向に向かいはじめていることをマットはおぼろげに感じて、やっとの思いで体を離した。二人はハンドブレーキをはさんで向き合った。フローラは呆然《ほうぜん》としてわけがわからない様子だ。彼はゆがんだ笑みを浮かべた。キスをするつもりはなかったのに、フローラの唇があまりにも魅惑的で、香水のかおりに惑わされてしまった。気づいたときにはフローラが腕の中にいて優しく応《こた》えてくれたので、我を忘れてしまったのだ。

「二人とも筋書のこの部分だけは覚えていられるだろう」もっとキスをしたいと願う自分を意識しつつも、マットは穏やかに言った。

フローラは疲れたとばかりに息を吸いこんだ。体はいまも震え、車はぐるぐるまわっているように感じられる。筋書。見せかけの恋愛。仕事。いまのキスはそれだけのことよ。こなごなになったプライドをかき集め、彼女はなんとかマットを見つめ返した。

「私……私行かなくちゃ」うろたえて彼を満足させるようなことだけはしたくない。マットにしてみれば、あのすてきなキスは筋書に少しばかり現実味を与えるための些細《ささい》な出来事だったにすぎないのだから。

マットはうなずいた。「そうだね」

彼はフローラが小道をたどって家の中に姿を消すのを見届けてから怒ったようにギアを入れ、自分の愚かさかげんに悪態をつきながらロンドンの中心部へ帰っていった。


フローラはバスルームの鏡の湯気をふき取り、そこに映る自分の姿を心配そうにじっと眺めた。きょうは一日じゅう胃が締めつけられている感じに襲われていた。いまはうつろでめまいがする。なぜこんなばかな作り事を始めてしまったのだろう? グループのひとりとして舞踏会に行くのを楽しみに待つこともできたのに。マットとパーティの夜を過ごすのかと考えて、まる一週間いらいらして過ごさなければならないなんて。

月曜日、フローラは一大決心をしてオフィスに出た。マットのキスなどなんでもないものだったと彼に印象づけたかったのだ。あの程度の軽いキスで私が惑わされると思っているなら、考え違いもはなはだしいわ。だが残念ながら、フローラの冷静な態度はなんの役にも立たなかった。彼は何事もなかったかのように振る舞い、普段どおり無愛想で、仕事はきつかった。マットはキスのことなど完全に忘れているに違いない。フローラはひそかに傷ついた。

キスの一件どころか、マットは舞踏会のことをまったく忘れているのではないかとさえ見えた。そこで金曜日の夕方遅く、翌週の予定を確認するためにオフィスに呼ばれたとき、フローラは勇気をふるって彼に言った。

「あすの晩の舞踏会のことだけれど」

マットは予定表を確認した。「舞踏会？　ああ、そうだった。それで、僕は誰と一緒に行くんだったかな？」

やっぱり忘れていたんだわ！　フローラは激しい怒りと落胆の入りまじった気持ちでマットを眺めたが、彼がほほ笑んでいるのを見て、からかわれたことに気づいた。

「おかしくもなんともないわ」

「僕が忘れるとでも思ったのかい？　ポールの運転で舞踏会に行って、それから君の荷物をホテルに届けてもらおう」

「荷物ですって？」フローラは体を固くした。

「友達の前で面目を保ちたかったんじゃないのか？」マットが驚いたように尋ねた。

「それはそうだけれど」

「舞踏会が終わってから二人が別々に帰ったのでは、僕たちの情熱は大したことないとみんな思うんじゃないかな？　面目を保ちたいなら、みんなに伝えたほうがいい。僕と一緒に過ごすからフラットには帰らないと」

「なんですって？」フローラは甲高い声をあげた。

「あわてることはない。ホテルのスイートには母が来たときに使う別の寝室があるんだ。僕に下心があるかもしれないと心配なら、そこで寝ればいい。君の友達は僕たちが熱烈に愛し合いながら夜を過ごしていると想像するに違いない」

マットと愛を交わしている場面がありありと目に浮かび、フローラの顔は紅潮した。マットが彼女とベッドをともにする意思などまったくないことを明言したことに安心してもいいはずなのに、なぜかフローラは神経質になっていた。

まもなく来るころだ。ドアベルが鳴るたびに、フローラは心臓が止まりそうになった。口紅をつけようとバスルームの鏡をのぞきこんだとき、ドアベルが鳴った。フローラの心臓は口から飛び出しそうになり、手が痙攣《けいれん》して口紅を頬いっぱいに塗りつけてしまった。どきどきしながら懸命にティッシュを探していると、サラがドアを開けているのが聞こえた。待っていたとはいえ、マットの低い声に体がこわばり、胸が締めつけられるようだった。

フローラは手の汗をドレスでぬぐい、深呼吸をしてからバスルームのドアを開け、気が変わらないうちにまっすぐ居間へ歩いていった。

最初に目に入ったのは、ソファに座ったマットだった。そのとたん、フローラは一歩も動けなくなった。彼はすばらしかった。タキシードに糊《のり》のきいた真っ白なシャツと蝶《ちょう》ネクタイが、彼の黒髪と淡い目の色を際立たせている。マットが立ち上がるや、フローラは彼の姿に圧倒され、息をするのも忘れた。

「フローラ……」

マットは明らかにフローラの様子に不意を打たれたようだ。彼はこのようなフローラを見たことがなかった。青い大きな瞳、肩まで下がった金色と蜂蜜《はちみつ》色のまじった髪。きらきら光るドレスは肌の温かさや胸の豊かさ、ぞくぞくするような喉の線をあらわにしている。

「ようこそ」彼女はどうにか声を絞り出した。

マットは手を差し出した。フローラは夢心地のうちに歩み寄ってその手を握り、導かれるまま彼の体に寄り添った。彼女は相手の気をそそるように顔を上げたが、マットはいったんキスをしたらやめられないような気がして差し控えた。彼はしっかりと彼女の指を握りしめ、唇にキスするかわりにフローラのもう片方の手を持ち上げてそのてのひらに唇を押し当てた。

「きれいだよ」フローラの顔から目を離さずにマットが言った。

彼の声の温かさに体じゅうの骨が溶けてしまいそうな気がして、フローラは背後にあったソファに倒れこんだ。てのひらに押しつけられた唇の跡が燃えるようだ。そのときになって初めて、マットの後ろに立っているサラに焦点が合った。サラはやったと言わんばかりに大げさなジェスチャーで両手の親指を立てている。それを見て、フローラはようやく我に返った。

「私……遅くなってごめんなさい」低い声で言う。

マットは互いの太腿が触れ合わんばかりにしてフローラの隣に座った。「かまわないよ。二人が君のことを何もかも話してくれたから」

「私じゃないわよ！」ジョーがあわてて否定した。「あなたが気絶したときのことを話したのは、私じゃありませんからね」

その言葉を機にジョーとサラは堰《せき》を切ったようにフローラについて話しはじめた。

フローラは笑みを浮かべたままじっとこらえていたが、隣に座っているマットの存在をいやというほど意識していた。彼はゆったりと座って、まるで我が家にでもいるようにくつろいでいる。

落ち着かずに場違いな気がしているのはフローラのほうだった。彼女はソファの端に緊張した面持ちで座り、命綱よろしくグラスを握りしめていた。マットは彼女のむき出しの背中に軽く手をあずけて、無意識のうちに繰り返し模様を描いている。その指の跡が肌に焼けつくようにフローラには感じられた。いま立ち上がったら自分の背中に刺青《タトゥー》のように刻みこまれた模様がみんなに見えるのではないかしら？

マットはシャンパンを何本か持ってきており、外に待たせてあるリムジンで一緒に舞踏会へ行こうと提案した。ジョーもサラも大喜びで賛成した。

「あなたが舞踏会に来るって最初にフローラが言い出したときは、みんなからかわれているのかと思ったのよ」ジョーが説明した。

「そうなのかい？　それはまたどうして？」マットが驚いたような顔で尋ねた。

「フローラがあなたのことをずっと秘密にしていたからよ」

「しばらくは二人だけの秘密にしておきたかったんだ。そうだろう？」フローラの蜂蜜色の髪を耳の後ろに撫《な》でつけたいという衝動を、マットは抑えることができなかった。

彼の指がかすった頬のあたりがひりひりする。フローラは何か言おうとしたが言葉にならない声を出すのがやっとで、最後には首を縦に振るしかなかった。

ジョーとサラは愛情深く、かつおもしろそうにフローラを眺めていた。「こんなふうに恋をしているフローラを見たことはないわ」サラがマットに向かって言った。「あなたのために居間を片づけることまでしたのよ。いまは口をきくこともできないみたい……。本気なのね！」

フローラは顔を真っ赤にして、もじもじしていた。このとんでもない夜が終わったら、友達みんなを殺してやるわ！　マットが自分の横顔を見ているのを感じながら、彼女は思った。

「本気だといいんだが」彼は優しくささやいた。

見えない力に引かれるように、フローラは顔をマットに向けた。彼は笑みを浮かべていて、緑の瞳はかつて見たことがないほど温かかった。彼の瞳はフローラの目をとらえて放さない。周囲のおしゃべりや笑い声が薄れていき、まるで彼とともにソファに取り残されたみたいに感じられる。じらすように背中をすべる彼の指先と、耳にこだまする自らの心臓の音だけを、フローラは意識していた。

やがてマットが彼女から視線をそらして会話に加わったので、フローラは懸命に落ち着こうとした。サラやジョーが不思議そうにこちらを見ている。マット・ダベンポートのような男性が我が物顔で背中に手をすべらせているのに、フローラが有頂天になっていないのが不思議だとでも言いたげだ。マットの太腿が自分の太腿のこんな近くにあるのに会話に気持ちを集中できるはずがない。みんないなくなって二人だけになれたらいいんだけど。そうすれば彼の脚の筋肉に手をすべらせ、顎の線から耳の下で脈打っている悩ましいところまでキスできるのに。

そのイメージがあまりに鮮明だったのでフローラは喉が詰まり、急いでシャンパンを飲み干した。マットは取り引きにしたがって役を演じているだけ。彼女は厳しく自分を戒めた。彼は私の上司であって恋人ではない。そのことを忘れてはいけないのだ。

フローラがマットの手を握っているのを見たときのセブの表情を、彼女は生涯忘れないだろう。疑惑と悔しさが入りまじり呆然としたその表情を見ただけで、それまで受けた侮辱に耐えたかいがあったというものだ。グループのみんなとはテーブルで落ち合う約束になっていて、セブが新しいガールフレンドと立ち話をしているときにフローラとマットが到着したのだった。

フローラは意気揚々とテーブルに着いた。「あなたはすばらしかったわ！」彼女はマットにそっとささやいた。「セブの顔を見た？」もはやマットが体に触れていなかったのでフローラは落ち着くことができ、食事の間ずっと生き生きとしていた。

そんなフローラを見て、マットの思いは複雑だった。これはすべてセブに焼きもちを焼かせるための手のこんだ茶番ではないだろうか。嫌悪をもよおすほどの嫉妬《しっと》心をいだいて、彼は思いをめぐらしていた。

フローラは、いまでもセブを愛しているのだろうか？　今夜の目的は彼の愛を取り戻すことだったのだろうか？

突然マットは立ち上がり、フローラの手を取った。「僕たちが互いに夢中になっているとセブに思わせたいのなら、僕と踊ったほうがいい」

ダンスフロアに出てフローラをひとり占めにしたマットは、気を取り直した。フロアはすでにこんでいたので彼女を自分の腕の中にしっかりと抱く口実になった。食事の間ずっとそうしたいと考えていたように。

初めのうちはフローラも緊張して、マットから体を離していた。食事のときは彼の指の感触に悩まされることがなくて気が楽だった。彼がここにいる理由を自分に思い出させるいい機会になった。私たちは取り引きをしたのだ。今夜マットは自分の役割を果たしているだけ。彼の母親が到着したら、今度は私が自分の役割を果たすまでのこと。そのあとはページが復帰するまで秘書の仕事に戻り、長年計画していたとおり世界旅行に出かけるのだ。もちろんマット抜きで。

〝君が感情に流されたりしないことはわかっている〟マットはそう言わなかったかしら？私が彼と恋に落ちるようなことを、彼は望んでいない。私だってそんなつもりはないわ！あり得ないことだ。そんなばかなことはしない。自分の身の安全を考えるなら、もうダンスはしたくないと言って逃げ出すべきよ。誘惑に負けて、マットに寄りかかる前に。

マットの胸は固く引き締まり、心を奪われてしまいそうだ。室内の照明は暗く、音楽はスローテンポで流れている。フローラは背中に当てられたマットの温かい手を意識した。私がちょっとだけ体の力を抜いたら、よりいっそうその手が私の体を彼の方へ引き寄せるかもしれない。セブはまだ疑っていて、私たちが本当に恋人同士のように踊っているかどうか見守っているかもしれない。それに私の脚はふらふらしていて、なんだか助けが必要な気がする……。

小さなため息とともにフローラは誘惑に屈した。

マットはフローラの緊張がゆるんで体ごと彼に寄りかかったのを感じた。彼女の顔が首のあたりにあずけられ、息が彼の喉をくすぐる。マットは無意識のうちにフローラをさらに強く抱きしめた。

マットは喉をごくりとさせた。こんなことをしてはいけないと、理性ではわかっている。とんでもないことだ。いまは誰かと恋愛関係に陥っている場合ではない。

いま必要なのは情事などより個人秘書だ。今回のヨーロッパでの取り引きは、エレックスが将来発展するためにきわめて重要な意味を持つ。現段階で新しい個人秘書を探すようなことだけは絶対にしたくない。

「さあ、行こうか」マットはフローラの耳元でそっけなく言った。

あとになって考えてみても、舞踏会の会場を辞去したときのことをフローラは何も覚えていなかった。きっと何か言い訳をして帰ってきたのだろうが、意識していたのはマットにしっかり手を握られ、部屋から連れ出されたことだけだった。リムジンは先に帰してあったので、二人はタクシーでホテルへ戻った。

二人は充分に距離を置いてロビーを抜け、苦しいほどの沈黙の中でエレベーターを待った。エレベーターが来ると相変わらず離れたまま乗りこみ、各階のボタンが点灯していくのを眺めながら上がっていった。二人の間の空気は緊張で張りつめ、音がしそうなくらいだった。

マットに舞踏会の会場から引っ張り出されたとき、彼は私を欲しがっているとフローラは確信していた。でもそのあと、彼はいっさい触れようともしない。私の思い違いだったのかもしれない。フローラは混乱した頭で考えた。

ようやく二人は部屋の前に着いた。恐れと期待から彼の隣で震えているフローラを、マットは見下ろし、すぐに視線をそらした。だめだ！　マットは自分に強く言い聞かせてカードキーをドアに通すことに専念した。

彼は必要以上に慎重にドアを閉め、照明を受けて青ざめた顔をしているフローラの方を振り向いた。予備の寝室へ彼女を案内しなければ。

だが彼はそうするかわりに、手を差し伸べてフローラの名を呼んだ。

マットの両手が彼女のウエストをつかみ、ゆっくりと自分の方へ引き寄せる。フローラは息もできなかった。

「フローラ」その声は欲望でかすれている。

期待感からフローラの心臓は激しく打った。彼女は本能的に両手を彼の胸の上に広げた。

後ろに下がって危険を避けるようにという理性の声が耳をかすめたが、彼女はそれに逆らった。あしたになれば後悔するかもしれないけれど、今夜はマットが与えてくれるものはなんでも受け入れよう。いまマットがキスをしてくれるなら、将来何が起ころうともかまわないわ。

マットが震える両手でフローラの顔をはさみ、頭を下げたので、フローラはこみあげる安堵《あんど》感に目を閉じた。

そしてマットの唇がフローラの唇をとらえようとしたまさにそのとき、温かくて陽気な声が呼びかけた。

「マット、あなたなの?」次の瞬間、天井灯がついたかと思うと、入口とは反対側のドアから女性が姿を現した。

「お母さん。どうやって入ったんだい?」

「もちろん、ホテルの人が入れてくれたのよ。ロンドンに来るときは私がいつもここに泊まるのを知っているでしょ。それに来週私が来ることをあなたがホテルに知らせてあったから、みんな私を見ても驚かなかったわ」

ネル・ダベンポートはにこやかな表情で部屋を横切ってきた。マットの話から、自分の邪魔をする人間を上手に押しのける威厳に満ちた上流階級の婦人をフローラは想像していたのだが、ネルには少しもそのようなところはなかった。見るからに上等な服を身につけたネルは、背が低くふくよかで、美しい銀髪と温かい微笑の持ち主だ。

「私が来ると思っていなかったとは言わせないわよ、マット。少しでも早くフローラに会いたいのは知っていたはずだわ。あなたがフローラね。想像していたかたとは全然違うけど、マットとあなたのことは本当に喜んでいるのよ！　言葉にはできないくらいだわ」

「お母さん！　水曜日までは来ない予定だったはずだろう」非難するような調子はどうすることもできなかった。

「わかってるわ。きのうリオニー・グリーンバーグとお昼を一緒にしていたとき、あなたがようやく結婚することになってどんなにうれしいかって話をしていたら、一刻も早くフローラに会いたいんじゃないかってリオニーに言われたのよ。そうしたら待ちきれなくなってしまって、飛行機に飛び乗ったというわけ！」

「でも、イタリア旅行はどうしたんだい？」不吉な予感がしてマットは尋ねた。

「予定どおり、木曜日にここから直行するわ。だから四日間あなたたちと過ごせるのよ！　何か都合の悪いことでもあるのかしら？」

「大いにあるね」マットはきつく言った。

「ばかおっしゃい！　使っていない寝室があるホテルのスイートに泊まっていて、どうして都合が悪いのよ？　それともフローラがあそこに寝るはずだったとでもいうの？」

「私……その……私は帰ったほうがよさそうね。マットとお二人になりたいでしょうから」

「そんなことありませんよ。マットが不機嫌になるだけですもの。私があなたを追い返したとなったらよけいにね！　それに、私はあなたに会いに来たのよ。私が来たからといってあなたがマットの部屋を出る必要はないわ。それほど保守的ではないのよ。みんなでここに泊まりましょう。お互いを知るいい機会になるじゃありませんか？」

フローラは言葉が見つからなかった。母親をいさめようとしたマットは、ネルに軽く一蹴《いっしゅう》されたのだ。

「どうして立ってるの？　お祝いしなくちゃ！　マット、シャンパンでも頼んだらどう？」

「午前一時だよ。お母さんはなんともないかもしれないけど、フローラは疲れているんだ」

「残念だこと。ゆっくりお話ができるのをそれは楽しみにしていたのに！」

「朝になったら話せばいいだろう。フローラは寝るから」

ネルから逃れられてほっとする間もなく、フローラは寝室に案内された。こういうかたちでマットの寝室を見たくはなかった。あのときネルが現れなかったら、二人は間違いなくここにたどりついていただろう。マットがフローラに腕を伸ばしたとき、彼の表情にその気持ちを見て取ることができたし、フローラ自身も抵抗するつもりはなかった。

しかしもはやあのときの魔法は解け、二人は冷たい現実に引き戻されてしまった。気まずい沈黙が流れた。「こんなことになって申し訳ない。こういう事態は予想していなかった」

「あなたのせいじゃないわ」

ドアのそばに立ったフローラはいかにも傷つきやすそうな様子だ。マットは彼女を抱きしめたかったが、この状況につけこんでいると思われるのが怖くてできなかった。

「僕は椅子で寝るから」マットは唐突に言った。

「その必要はないわ。ベッドは充分広いし、あなたは紳士らしく振る舞うと信じてるわ。あなたさえいやでなければ、私はかまわないわよ」

「いいだろう。寝る支度をしたいだろうからひとりにしてあげよう。母にも寝るよう説得してくる」

マットは部屋を出ていった。フローラは顔を洗ったり歯を磨いたりしながら自分に言い聞かせようとした。二人の大人が広いベッドに一緒に寝たからといって、必ずしも情熱的にお互いを求めなければならない理由はない。マットがベッドの片側に寝て、私が反対側に寝るだけのこと。問題はないはずよ。

6

もちろん、問題ないはずはない。フローラはこんなにも惨めな夜を過ごしたことはなかった。

何時間もたったような気がしたが、マットは戻ってこない。フローラが舞踏会のときのように振る舞うのを警戒して、彼女が完全に寝てしまうのを待っているに違いない。待つ時間が長くなるにつれて、彼女は自分がマットの行動を誤解していたことを確信した。彼は取り引きどおり私に恋をしているふりをしていただけなのだ。それなのに、私はマットの首に抱きつき寄り添って、キスをしてと言わんばかりに振る舞った。

あのときネルが到着したのは都合がよかったのだ、とフローラは寝返りを打ちながら考えた。恋人同士というのはあくまで見せかけにすぎないのだから。今夜どのような印象を与えたにしても、取り引きを忘れたわけではないことを、あしたになったらマットにはっきり説明しよう。

フローラは眠ってしまいたいと思ったが、物音がするたびに心臓が飛び上がり、眠るどころではなかった。ようやくドアが開いたときには凍りついたように動けなくなり、上掛けをかぶってじっとしているしかなかった。マットはバスルームで静かに動きまわっていたかと思うと電気を消して戻ってきた。上掛けをめくる音が静寂の中で銃の発砲音さながらに響く。

マットレスがわずかに沈み、マットが隣に横たわった。もしフローラが寝返りを打てば、彼に触れることができるだろう。彼女は固く目を閉じ、なんとか眠ろうとしたが、不可能だった。懸命に心を落ち着かせ、彼が呼吸する音に耳を澄ます。同じベッドで寝ることにマットが少しも気をもんでいないのは明らかだ。彼は一緒に横になりながらも眠りを妨げられることなくリラックスしているのだと思い、フローラは信じられないほどの憤りを感じた。

しかし実際は逆だった。マットはいままでこれほどリラックスできなかったことはなかった。天井を見上げて必死に数を数えては、数センチしか離れていないフローラのことを考えまいとした。

翌朝マットが目を覚ましたときには、フローラはまだすやすやと眠っていた。彼は当惑と憤りのまじったしかめ面をして、しばらくその寝顔を眺めていた。いったいこの女性の何が僕をこんなにも動揺させるのだろう？　彼女は普通の女性だ。絶世の美女でもなければ、特別頭がいいわけでもない。唯一注目すべき点は、フローラがそばにいると僕が自制心を失ってしまうことだ。

　静かにベッドを抜け出して小さなキッチンへ行き、マットはふさぎこんだまま濃いめのコーヒーを飲んだ。フローラのぶんもいれ、自分のカップにもつぎ足して寝室に運んだ。コーヒーをフローラの枕元《まくら》に置き、マットはカーテンを開けに行った。太陽の光が部屋に差しこみ、フローラの顔に斜めに当たる。彼女はもぞもぞ動いて何やらつぶやき、仰向けになるとまばたきをして目を覚ました。最初にフローラの目に入ったのは、なんとも形容しがたい表情を浮かべて彼女を見下ろしているマットだった。

「コーヒーをいれてきた」

　彼の声の冷たさにフローラは完全に目が覚め、枕の上に身を起こして顔にかかる髪を振り払った。「ありがとう」紅茶のほうがよかったが、言わないほうが賢明だと判断した。

「相談がある」ベッドの端に腰を下ろしながら、マットが言った。

相談ですって？　何か不手際でもあったかしら？　私が寝言でも言ったの？　それとも夜の間に彼に寄り添っていたとか？「何かしら？」

「ゆうべ、滞在を短くきりあげるよう母を説得しようとしたんだ。忙しいので母につきあっている暇はないとか、二人だけになりたいとか、考えられるだけのことは言ってみたが、どれも失敗だった。母は木曜日まで滞在すると決めている」

　マットはコーヒーカップを手に取り、フローラに渡した。

「つまり、これから数日間はこの寝室をともにするという困った事態になった。ひと晩だけ夕食につきあってもらうつもりだったのに、状況が変わってしまった。最初に合意したのより長時間恋人のふりをしてもらわなければならない。やはりあまりいい考えではなかったな」

「でも、うまくいったじゃない？　私なら大丈夫よ。あなたのおかげで友達には面目が立ったし、セブも完全に納得していたわ。私にとって大事なのはそれだけですもの」

やはりゆうべの演技は昔のボーイフレンドのためだったのだ、とマットは気づいた。僕の肩に頭をあずけて寄りかかり、僕に欲望をいだいているのだと思わせておきながら、フローラは肩ごしにセブの反応を観察していたのだ！

マットはしかめ面をしてコーヒーカップに目を落とした。彼のゆうべの抱き方をフローラが誤解しなかったことに感謝すべきなのに、なぜか落胆せずにはいられなかった。

「もちろん金は払うよ。ひと晩よけいにここで過ごすたびに五百ポンドでどう？」

フローラは開いた口がふさがらなかった。「本当にお母さまから解放されたいのね」

「そうだ。やってくれるか、それとももっと金が欲しいのか？」

「いいえ、充分よ」木曜日までには二千ポンドと世界一周の航空券が手に入るんだわ！それに個人秘書としてのお給料を合わせれば、ページが仕事に復帰次第、出発できる。なのに、どうしてもっとうれしく感じられないのだろう？

二日酔いのせいかもしれない。

「それだけ払うからには説得力のある演技を期待している」マットは立ち上がった。

フローラはコーヒーカップの縁ごしにしっかりとマットを見つめ返した。この件に関して彼が冷静でいられるなら、私だって心を乱されるわけにはいかない。「まかせてちょうだい」

フローラは着替えながら、いま自分に誓ったことを反芻《はんすう》した。荷造りをしたときはマットの母親に会うとは思っていなかったので、古びたジーンズに白いTシャツ、着古したお気に入りの淡い黄色のカーディガンしか持ってこなかった。ネルはなんて思うかしら。自分の息子なら少しは洗練された女性を選ぶと期待していたでしょうに。

いまとなってはどうすることもできない。そのぶんよけいにかわいい婚約者を演じるしかないわ。

自分自身を元気づけたところでフローラは、マットとネルを捜しに行った。ネルは窓際に立ってハイドパークの眺めに感激していたが、マットの顔色が変わったのを見て振り向いた。

「フローラ！　なんてきれいなんでしょう！　きれいだと思わないこと、マット？」

マットはすぐには返事をしなかった。彼はフローラの姿に平静さを失っていた。シャワーから出たばかりでまだ髪は濡《ぬ》れ、肌は輝いて瞳はどこまでも青い。ゆうべドレスを着たフローラを見たときもショックを受けた。いまカジュアルな服装をした彼女を目にして、マットはフローラの本当の姿を初めて見るような気がした。活気に満ち、機敏で、心身ともに健康に輝いている。本当に美しいと思う一方で、髪を上げ、いつもオフィスで着ているいかにも秘書然としたスーツに着替えてほしいとも思った。さもないと、フローラが誰でなんのためにそこにいるのか、忘れてしまいそうだった。

マットは咳《せき》払いをした。「すてきだよ」

「すてきですって？　それしか言えないの？」

ネルは二人を見比べた。マットの母親はあふれんばかりの温かさと魅力の持ち主であるばかりか、目ざとい女性であることに、フローラは気づいた。

「マットはあまりいい恋人とは言えそうもないわね」

フローラはひそかに深呼吸をした。いまこそ報酬に値するだけの演技をするべきときだ。

「必要なときにはいい恋人になれるんですよ」彼女はほほ笑みながらマットに歩み寄り、彼のウエストに腕をまわして寄り添った。「そうでしょう、ダーリン？」

マットの腕はまるでそれ自体意志を持つかのようにフローラの体にまわされた。ここでキスをするのが自然なのだが、と彼は自分に言い聞かせた。母を納得させるだけの短いキスでいいのだ。「君がそう思うならね」めくるめく誘惑に負けて言った。

マットの唇がフローラの唇をとらえ、彼女の唇が開いた。車の中でキスをされたときにどうしようもなく身をゆだねてしまったのを思い出す。電流が体を貫いたような興奮に対して、フローラは気持ちを引き締めようとしたが、むだだった。彼の唇が軽く触れると全身の骨が溶けてしまいそうで、喜びの波が彼女を包んだ。

フローラは必死でマットのシャツを握りしめた。自分を見失ってはだめよ！　演技をしているの、ただそれだけ。どんなにキスを返したいか悟られてはならない。

〝短いキスでいい〟内なる声がマットを苦しめた。

〝それで充分だ。手を離せ〟

マットはしぶしぶ顔を上げたが、わざとフローラの視線を避けた。そのとたん好奇心に満ちた母親の視線に出合った。

「マットったら、なんて顔をしてるの！　まるで一度もフローラとキスをしたことがないように見えるわ！」

「お母さん、ばかなことを言わないでくれよ！　恋してしまったと言っただろう。嘘《うそ》をついているとでも思ったのかい？」

「そうね、あまりに急なことだは思ったけど。フローラのことは一度も口にしたことはなかったのに、突然結婚するって言い出すんですもの！　もちろん不思議に思いましたよ」

フローラは無理に笑顔を作った。「何もかも突然で。私自身、自分に起こったこととは思えないくらいなんです。私たちがいったいどうなっているのか、不思議に思われたのも無理はありません」

「来ることを知らせなかった私が悪かったわ」

「来てくださったことをお祝いしましょう。シャンパンつきの豪華な朝食を頼みましょうか？」

「まあすてき！　私の思いどおりの娘さんだわ！」ネルは手をたたいて喜んだ。

マットが朝食を注文している間、ネルはフローラを自分の隣に座らせた。「全部話して！　ひと目惚《ぼ》れだったの？」

フローラがマットの方を見ると、彼は受話器を置くところだった。ネルの質問に口をゆがめて腹を立てているようだ。お母さんを納得させたいのならもっとましな演技をしてほしいものだと思いながら、フローラは答えた。

「とんでもない！　正直なところ、最初に会ったときはいやな人だと思ったんですよ」

「それはつねにいい兆候よ。あなたはどうなの、マット？　あなたはいつフローラに恋したの？」

わずかに沈黙が漂い、その間、ネルの質問が部屋じゅうに反響しているようだった。

「どうだったか覚えていないな。ある日彼女を見ていたら、僕にとっては人生でただひとりの女性だと気づいたんだ」

そのとき朝食が運ばれてきた。テーブルをセットしたりシャンパンの栓を抜いたりしている間話題がとぎれ、フローラはほっとした。

「結婚式はいつなの?」ナプキンを広げながらネルが尋ねた。

「まだはっきりとは決めていないんです」フローラが言うのと同時に、マットも答えた。

「今回の取り引きが成立するまで正式な発表はしないほうがいいと思って」

二人とも口をつぐみ、互いにびっくりして相手を見つめた。

「それはまたどうして?」ネルが尋ねた。

「と言うと?」しばらくしてマットがきき返した。

「二人とも独身だし、お互いに愛し合っているんでしょ? 二人が婚約したことを人に知らせてはいけない理由があるとでもいうの?」

フローラがあわてて口をはさんだ。「私の両親にまだ話していないんです。二人とも……航海に出ているので。三カ月しないと戻ってこないものですから」

「そうなの」ネルの顔にかすかに笑みが浮かんだ。フローラには、マットの母親が二人の話をひと言も信じていないような気がしてならなかった。

「どんな結婚式にしたいかは考えているんです。ヨークシャーにある私の両親の家で式を挙げたいんです。家族と友達だけで。家から歩いていけるところに中世風の小さな教会があるので、車の心配はありません。こぢんまりとやりたいんです」話に熱が入ってきた。

「庭に小さな天幕を張って夏の牧場のようにのらにんじんの花で飾るんです」

「のらにんじんだって？」マットは思わずきいてしまった。

「前に話したのを覚えているでしょう、ダーリン。夏の初めに生け垣に沿ってレースのように咲く野生の花よ」

「ああ、そうだった。マンハッタンにはあまりないからな」マットにはなんの話かさっぱりわからなかったが、調子を合わせた。

「まあ、すてきね」ネルが声をあげる。

フローラは自分の急場しのぎの考えもまんざら悪くないと思わずにはいられなかった。実現しないのが残念だ。少なくともマットが花婿になることはない。

「式のあとはマットにちゃんとした休暇を取らせるでしょうね、フローラ。あの会社から完全に離れる必要があるわ！」

いま飲んでいるシャンパンはもとより、母の優雅な暮らしを保証しているのは会社のおかげなのだから、マットにしてみればエレックスのことには触れないでほしかった。結婚式となるとどうして女性はこうも興奮するのか、彼には理解できなかった。

フローラは今度は新婚旅行の話をしている。彼女の話には説得力があるとマットも認めないわけにはいかなかった。母がすでに彼女を気に入っているのは明らかだ。僕が自ら望んだことではないか？　母が花嫁候補を探すのに時間をむだにすることはないだろうし、フローラが去ったあとは、自分がどんなに悲嘆にくれているか説明しやすくなるというものだ。

〝フローラが去ったあと……〟認めたくはなかったが、そのことに思いが至り、マットは鋭い痛みを感じた。だが彼はなんとか会話に意識を集中させようとした。

「少なくとも三カ月は行こうと思います。その間にマットが一度でもオフィスに電話をしようものなら、離婚訴訟を起こすわ！」

「その条件については、君は僕に言わなかったよ」母が疑い出す前にフローラの想像力を抑えるときが来たとマットは判断した。

しかし、シャンパンのおかげで勢いづいたフローラの話は止まらない。「私たちは電話や電子メールのないところへ行くんです。砂丘のてっぺんに座って夕日を眺めるの。温かい礁湖《ラグーン》で泳いだり、椰子《やし》の木陰で横になったり。夜は熱帯地方のざわめきを聞きながら眠りにつきたいわ。そうでしょう、ダーリン？」

「君がそれを望むなら」マットはまっすぐフローラの目をのぞきこんで言った。演技ができるのはフローラだけでないことを思い知らせてやる！

「まあ！　本当に恋しているようだわね！」ネルがおどけて言った。

マットはフローラの顔から目を離さなかった。彼は二人のからみ合った手を持ち上げ、フローラの手にキスをした。「そうなんだ」彼は優しくつぶやいた。

二人ともネルの顔に浮かんだ表情に気づかなかった。「本当に愛しているなら、どうしてフローラに指輪を買っていないの？」

内心マットは舌打ちした。指輪のことを考えるべきだった。「いまとても大事な取り引きの最中だと説明したはずだよ、お母さん。ほかのことに割いている時間はないんだ」

「指輪を買うのに三十分とかからないでしょ！」

「僕が暇になるまで待てるよね、フローラ？」

「あなたに時間がないっていうなら仕方がないわ。マットは本当に仕事をしすぎるんです。でもかまいません。結婚したら変わるのはわかっていますから。家族が増えたらオフィスであんなに長時間過ごせるはずがありませんもの」

コーヒーカップを口元へ運びかけていたネルがその手を途中で止めた。「家族計画を立てているの？」

「子供は少なくとも四人は欲しいわね」フローラの答えに不意を衝《つ》かれたマットは、コーヒーにむせた。自業自得だわ。「そうよね、ダーリン？」大げさにマットの背中をたたき、付け加える。

「待ち遠しいよ」咳《せ》きこみつつも、彼はようやく言った。

ネルはコーヒーを飲みながら興味深げに二人を眺めていた。「マットがついに父親になるなんて！　マットの子供のころを思い出すわ」

「いけないっ！　子供のころの話を始めるなら僕は電話をしてこよう」

「マット！　日曜日に会社に行くんじゃないでしょうね！」ネルもフローラも同じように
がっかりした様子でマットを眺めた。

「行ったほうがよさそうだ。五分と離れていないし、僕がいないほうが二人で仲よくなれるだろう」これ以上の論争を未然に防ごうとマットはかがみこんで母の頬にキスをした。

「二人でシャンパンを片づけるころに、戻ってきて昼食に連れていくよ」

マットはフローラのところに戻ってきて髪に指をからませ、頭を優しく後ろへ倒した。

「母の言うことを全部信じてはいけないよ。わかった？」母が見ているからだと自分に言い聞かせ、彼はどんな恋人でもするようにかがんで唇に軽くキスをした。

今度はフローラも心の準備ができていた。それでも短い愛撫《あいぶ》にゆっくりとした危険な反応が背筋を貫いた。胸が激しく鼓動しているのが彼に聞こえるだろうか？　彼に触れられるたびに私がどうなるか、彼は知っているのだろうか？　フローラは目を閉じて、彼が知らないことを願った。

「出かけたほうがよさそうだ」マットは自分の声が平静を保っているのに驚いた。内心ではフローラの甘美な唇と人を惑わす肌の香りに動揺していたのだ。

「またあとで」彼女はかすれた声で言った。

マットは手をなごり惜しそうになめらかな髪にすべらせ、一瞬ためらってから急に向きを変えて、何も言わずに大股で部屋を出ていった。

たった一度の短いキスに目がくらんだまま、フローラはドアが閉まるまでマットの後ろ姿をじっと見つめていた。ネルの方を振り返ると、彼女は妙な表情を浮かべてこちらを見ていた。

フローラは喉のつかえをのみこんだ。「どうかなさいましたか？」

「いいえ。ごめんなさい、私、じろじろ見ていたかしら？　マットから結婚すると聞かされたときに想像していた人と、なんて違うのかしらって考えていたの。お目にかかったいまは、マットにぴったりの人だとわかったわ」

フローラはことさら忙しそうに二つのカップにコーヒーをついだ。

「子供のころのマットの話を聞かせてください。どんな少年でした？」話題を変えるのに必死だった。

「頑固そのものよ！　マットがいったんこうと決めたら誰も止められなかったわ！　お父さんそっくりなのよ」

思い出しながらネルはため息をついた。

「まじめな少年だったわ。父親があのとき死ななければ、あんなに無口にはならなかったのではないかと思うことがあるの。私を守らなくてはと責任を感じたのでしょうね。私がときどきマットをいらいらさせるのはわかっているわ。でも、あの子は我慢してくれるのよ。自分では認めないでしょうけど、私のためならなんでもしてくれるわ。父親にあまりに似ているのでつらくなるときがあるの。スコットも孤独癖のある人だった。人は彼を冷たい人間だと思っていたようだけれど、私には違うとわかっていた。確かに結婚するまでには時間がかかったわ、でも私と恋に落ちてから心変わりしたことはなかった。彼が亡くなったとき、私はまだ四十にもなっていなかったの。その後結婚の申しこみは何度かあったけど、スコットを愛したようにほかの男性を愛することはできなかった」

マットの母をだましていることにフローラは罪悪感を覚えた。かわいそうなネル、愛する人をそんなにも早く失うなんて。マットに早く家庭を持ってほしいと願うのも無理はない。

テーブルごしに手を伸ばし、フローラはネルの手を握った。「どんなにか寂しかったでしょうね」

「みんな昔のことよ。マットが本当はどんな人間かあなたに知ってほしかったの。気難しくて無慈悲なビジネスマンというイメージが強いけれど、本当はそうじゃないのよ。無慈悲なのは自分に対してだけ。たったひとりの女性とつきあう男性よ。同じように愛してくれる女性が必要なの」

フローラはテーブルの向こうにいるネルを見やった。「わかっています」彼女は静かに言った。

マットが戻ってきたころには二人は確かな友情で結ばれていた。二人ともマットが出かけていったときと同じようにテーブルで向かい合っていた。

フローラは両肘をテーブルにのせ、両手でコーヒーカップを持っている。乾いた髪は軽く耳の後ろにかけられていた。ネルの言ったことがおかしかったらしく笑っている。二人が一緒にいるのを見て、マットの心は不思議と騒いだ。

「あら、もう戻ってきたの？」ネルがうれしそうな声をあげた。さっと振り返ったフローラは戸口に立っているマットの姿を見て、胸から息が抜けていくような気がした。

「もう十二時半だよ。僕がいなくてさぞ寂しかっただろうね」

マットの皮肉はネルには通じなかったようだ。「とっても楽しい時間を過ごしていたのよ。どうしたらもっとあなたをオフィスから引き離せるか相談していたところなの」

マットがテーブルに歩み寄った。フローラに挨拶《あいさつ》のキスをすべきだとは思ったが、今度こそ自制心を失いそうで怖かった。キスするかわりに彼は手を彼女の髪に差し入れた。

「それで、どういう結論に達したのかな？」指で首筋の肌を愛撫する。

じらすようなマットの指の動きと、背筋を駆け抜ける本能的な反応を意識しながら、フローラはおぼつかない手つきでコーヒーカップを皿に戻した。「ネルはあなたが子供たちと一緒に時間を過ごしたいんじゃないかって話をしていたの。でも私としては、妻である私と一緒に過ごしてくれることを期待しているけれど」

「それはいつだって君のほうさ」一瞬、マットの手に力が入った。「今度の取り引きが成立するまで結婚式を挙げたくないのはどうしてだと思う？　君がオフィスにいないと仕事にならないからだよ」

「今朝はそんなふうには見えなかったけど」フローラの声には怒気が含まれていた。ネルとのひとときは楽しかったものの、マットがいなくて寂しかったからだ。それはひとりで芝居を続けるのに骨が折れたからよ。彼女はあわてて自分に言い訳した。ネルは魅力的だったが、二人の結婚の話を完全に信じているとは思えないような気がした。もっとそれらしく演じてみせなければ。

マットは手を離した。「君がいなくて仕事に集中できなかったよ」困ったことに本当だった。誰にも邪魔をされずに数時間仕事をするつもりだったのに、できなかった。フローラの不在でオフィスはひどく空虚に思えた。報告書を開いても彼女の素肌の香りや瞳の輝き、キスをしたときの感触が思い出された。ゆうべはもう少しで愛し合っていたかもしれない。そんなことしか考えられなかった。

テーブルの向こうへ視線を移したマットは、母がこちらを見守っているのに気づいた。一見温かそうな目は、何も見逃さないとばかりに輝いている。彼は落ち着かなかった。好むと好まざるとにかかわらず、フローラと二人でこの芝居を始めたからには精いっぱい頑張るよりほかはない。

7

「準備はいいかい？　昼食に連れていこうと思うが」マットは尋ねた。

フローラは自分のジーンズと着古したカーディガンを見下ろした。マットのことだから
そのへんのパブへ行くはずはない。「こんな格好じゃ行けないわ！」

「大丈夫だよ」彼は以前の傲慢《ごうまん》なマットに戻って言った。「僕と一緒ならどこへでも好きなところへ行けるさ」

三人は車でロンドン郊外の川沿いにあるしゃれたレストランへ行き、行き交う船や柳の下をすべるように泳いでいる白鳥を眺められるテラスの席についた。

典型的なイギリスの夏の日だった。陽光が暖かく降り注ぎ、そよ風が優しく顔を撫《な》でる。

フローラは両肘をテーブルにのせ、川の上を行き交う船を眺めていた。チノパンツにクリーム色のシャツを身につけて隣に座っているマットの存在を、彼女はいやというほど意識していた。日に焼けた肌や、まくり上げた袖口《そでぐち》からのぞくたくましい腕を目にして、指で触れてみたいという衝動を抑えられなくなった。

マットは、明らかに楽しんでいる様子の母親と話していた。ときどきネルがマットとフローラを見比べては意味不明の表情をするのに彼は気づいたが、ネルは詮索《せんさく》するような質問はしなかった。それに、ネルがフローラのことを好ましく思っているのは確かだ。二人で始めたこの複雑な芝居も、もしかしたら成功するかもしれない。彼は期待をいだいた。

マットがかつてないほどリラックスしているのを感じたフローラは、彼と一緒にいるだけでとても幸福だった。

二人は恋人同士ということになっているのだから、彼に触れてもかまわないだろう。誘惑に負けたフローラは、腕を伸ばして指を彼の腕にすべらせた。そして彼の指に指をからませ、ほほ笑みかけた。マットが腕を引っこめるのではないかと恐れたが、心配する必要はなかった。

「どうした？」ネルと話していたマットがこちらを振り向いた。

「なんでもないわ。幸せなだけ」

マットはフローラを見下ろしながら、胸が締めつけられるような気がして、本能的に彼女の手を握り返した。「本当に？」彼の声には切迫した調子が感じられる。

フローラはまっすぐに彼の顔を見返した。彼の目が冷たいなどと思ったのが不思議でならない。温かい緑の瞳には、なんとも言いがたい表情が浮かんでいる。わくわくするような感覚がフローラの全身を走った。

「ええ」

わくわくするような気分は昼食の間ずっと続いた。フローラの会話は機知にあふれ、彼女はネルの応援を受けてマットをからかった。そして想像力をたくましくしては将来の入念な計画を立てた。母のためにフローラが作り上げている人生設計に、マットは唖然《あぜん》としながら耳を傾けていた。

フローラが泊まりがけで催すパーティの話を始めたとき、そろそろやめさせなければとマットは判断した。彼は制止するようにフローラの肩に手を置き、口を開いた。「イタリアではどこに泊まるの、お母さん？」

ネルが旅行の話をしている最中に、遠く離れたテラスの向こうにいるグループの中から美しい女性が立ち上がり、こちらに歩いてきた。それが誰か気づいて、フローラは動揺した。ベネチアだ。こんなところで何をしているのかしら？

マットはまだ気づいていない。注意を促そうとフローラが軽く手に触れると、彼はフローラがうなずいてみせた方向にちらりと目を向けた。ベネチアの姿を認め、彼の心は沈んだ。

ベネチアが近づいてくるのを闘志満々といった表情で見守っているフローラを、マットは見やった。

「婚約のことは言うなよ」ベネチアを迎えようと立ち上がりながら、彼はささやいた。

「マットじゃないの！」ベネチアは低い声で物憂げに言った。マットがキスできるようにこのうえない自信を持って、彼女は頬を前に出した。フローラは彼が無視してくれるよう願ったが、願いは届かなかった。「きょうここへ来ること、どうして知らせてくれなかったの？　ずいぶん久しぶりね！　知らせてくれれば一緒に来られたのに」

「急に決めたんだ」ネルの視線をかわしながら、マットが言った。ベネチアは期待をこめて空いた椅子を見ている。マットは彼女のために椅子を引いてやるよりほかなかった。

「どうぞ」

「ありがとう」ベネチアのトレードマークである情熱的な微笑はマットにだけ向けられている。フローラは敵意をむき出しにして目をこらした。

ベネチアが現れるまでフローラはジーンズで充分満足していたのだが、いまは自分がずんぐりとして魅力がないように思われた。ベネチアもジーンズをはいているが、信じられないくらい脚の長い体にスタイリッシュに着こなしている。しかも彼女は透き通るように軽い素材のトップを身につけている。想像力をかきたてる余地がほとんどなく、モデルにしか着られないようなものだった。

「母にはまだ会っていなかったよね？」マットは心中穏やかではいられなかった。隣ではフローラが気色ばんでいるし、ネルもあまり歓迎しているようには見えない。

「お母さま？　いいえ。ご機嫌いかが？」ベネチアは好奇心たっぷりにネルをじろじろ眺めた。

「元気よ」ネルはベネチアが自分の息子に我が物顔で挨拶《あいさつ》したのが気に入らず、冷たく言った。

ネルの冷ややかな声を聞いたフローラは、思わず歓声をあげるところだった。

「フローラのことは知っているよね」マットは続けた。

ベネチアは眉を寄せて興味なさそうな視線をテーブルの向かい側に投げかけた。ほかの女性にむだな時間を割くタイプでないのは明白だ。「いいえ……」

「オフィスでお目にかかったわ」マットを不安にさせるような晴れ晴れとした微笑とともにフローラが助け船を出した。「マットの臨時個人秘書です」

「ああ、そうだったわね」ベネチアは、マットがわざわざ紹介した理由がわからないとでも言いたげな様子だ。彼の方へ向き直り、彼の腕に軽く手をのせた。「モロッコでの撮影が終わってから、ずっとあなたに会いたいと思っていたのよ」ベネチアがささやくのを聞いて、フローラはとっさの行動に出た。

彼女はマットのもう一方の手を取った。「私たちのニュースをぜひベロニカにも教えてあげて、ダーリン！」またしてもあでやかな笑顔で言った。ベネチアが大きな目を疑わしげに細めるのを見て、フローラは満足した。

「ベネチアよ。なんのニュース？　あなたが時間をずいぶん費やした取り引きの契約書にマットがサインしたとか?」

「あら、もっとずっとわくわくするようなことよ! 私が臨時でいるのもそう長くはないのよ。ね、マット? 私たち来年結婚するの。そうすれば彼の人生でもっと恒久的な位置を占めるようになるわ。もちろん、結婚したら私に仕事はやめてほしいって、彼は言ってるんだけど」

「結婚ですって?」ベネチアは容易には信じられないといった表情だ。嘘《うそ》だとマットが言ってくれるのを待っているかのように彼を見つめた。

マットはあとで復讐《ふくしゅう》するぞと言わんばかりの視線をフローラに向けたが、おもしろそうに見守っている母の手前、否定するわけにはいかなかった。「まだ公式には発表していないんだけどね」食いしばった歯の間から、彼はようやく言った。

「でも、ベロニカ――失礼、ベネチアのような古い友達になら知られてもかまわないでしょう、ダーリン?」彼の目に浮かぶメッセージを無視して、フローラは声をあげた。「結婚式には来てくださるわよね? マットが最初ロンドンに到着したときに街を案内してくださって、お礼を言うわ」

ベネチアの表情がこわばる。彼女はマットの腕から手を下ろした。「本当なの? 長期にわたる恋愛関係には陥りたくないって言わなかった?」

フローラのせいでこのような立場に立たされたことを、マットは怒っていた。「気が変わったんだ」それしか言いようがなかった。

「そう。おめでとう。立たなくてけっこうよ」ベネチアは座ったときよりずっとけだるそうに立ち上がった。

いらだたしげに自分のテーブルに戻っていくベネチアを見て、フローラはやっとのことで勝利の声をのみこんだ。マットが激怒しているのは明らかだが、怒っていたってかまわない。私がベネチアの態度を黙って見ているとは思わなかったはずよ。いつもよりさらに挑戦的に顎を上げ、フローラはマットと目を合わせた。

緊張した間があった。マットはフローラに言ってやりたいことがあったが、母親の目の前では何も言うことができず、口を引き結んだ。

「ほかに食べたいものは?」彼は歯を食いしばって尋ねた。

「プリンをいただくわ」フローラは明るい声で答えた。

マットがようやくフローラを連れ出すことができたのはそれから一時間後のことだった。彼は激しい怒りをかろうじて抑えていた。「お母さん、疲れたでしょう。フローラと僕がフラットへ彼女のものを取りに行っている間、ホテルで休んでいたらどうかな?」

しかしネルは、二人の間の張りつめた空気にも、哀願するようなフローラの視線にも気づかなかった。「私が時差ぼけになったことがないのは知っているでしょう、マット。私は少しも疲れていませんよ」

「私たちと一緒にいらっしゃいませんか、ネル？　来週着る服が必要なだけなんですけれど、ジョーやサラにも会っていただきたいし」

「喜んでうかがうわ」

結局マットは二人をフラットまで車で連れていく羽目になった。フローラが荷造りに迷っている間、彼は辛抱強く待っていた。ルームメイトたちは好奇心をむき出しにして彼を観察している。ネルはほどなく彼女たちをすっかり魅了してしまい、マットが辞退する前に、お茶のすすめに応じていた。

しばらくしてジョーがフローラに近づき、フローラの代わりのルームメイトを探そうかと思っていることを口にした。

「私の部屋を貸しちゃだめよ！」びっくりしたフローラがささやいた。

ジョーはフローラが荷造りしたスーツケースを見た。「マットと一緒に住むんじゃないの？」

「いいえ……少なくとも永久にってわけじゃないわ」フローラはネルの方をちらりと見たが、幸い彼女はサラとの会話に夢中だった。ネルがそこにいなければジョーに本当のことを打ち明けることもできるけれど、ひと言も聞き逃すまいとしているマットの前では、友達にヒントを与える危険さえ冒すことはできない。「つまりその、うまくいかないかもしれないし」

ジョーは驚いたように眉を上げた。ジョーはフローラからマットへ、そしてまたフローラへ視線を戻した。「うまくいくと思うわよ」

知りもしないくせに、とマットは内心腹を立てていた。ホテルの部屋に戻ってようやく二人きりになったとき、彼は語気も荒く言った。

「これ以上母の陰に隠れることはできないぞ。きょう一日の態度を説明してもらおうか。僕たちの婚約のことはベネチアには話さないように言ったはずなのに、聞こうとしなかったね？　それどころか、彼女が口を開く前に〝私たちのニュースをぜひ教えてあげて〟だと！」

「私は役を演じていただけよ。自尊心のある女性だったら、ベネチアがしていたように自分の婚約者が別の女性に誘惑されているのにおとなしく座っているはずがないわ」

「誘惑だって？　彼女は僕の手にさわっただけだ」

「いいえ、さわっただけじゃないわ。彼女はあなたの手を撫でながらあの大きな目であなたを見ていた。折あらばベッドへ引きずりこもうとしていることくらい、誰の目にも明らかだったわ」いまやフローラもマットと同じくらい腹を立てていた。「私がただ座って優しくほほ笑んでいたら、私たちが婚約しているなどとお母さまは信じなかったでしょうよ！　あなたは彼女を振り払おうともしなかったわね」

「すねているふりをするとかなんとかで満足できなかったのか？　僕たちが婚約している

ことが世間に知れてしまったじゃないか！　僕の評判はどうなると思う？」

「それならお母さまにこのことを言う前に考えるべきだったわね」フローラはきり返した。口論して気分が高揚していたので、マットがいる前で寝る支度をするのを恥ずかしいとも思わなかった。彼女はバスルームに駆けこんで歯ブラシを取り上げた。

「取り引きがあったはずだ」あとを追って入ってきたマットが、きつく言った。「芝居は母のためのもので、僕たちの〝婚約〟は秘密にしておくはずだった」

「私はどうすればいいというの？　好きなだけあなたを撫でまわしてもいいってあなたのガールフレンド全員にふれまわるの？　お母さまはさぞや納得なさるでしょう！」

「君はどうしてなんでも誇張しなければ気がすまないんだ？　ちっとも気にしないのと過剰に反応する態度の間にはその中間の演技があるはずだ。でもそんなことは君には思いつかないんだろう。君にはバランスという概念がないようだ」

「何をそんなに騒いでいるのか私にはわからないわ。私たちが婚約していることをお母さまに納得させたかったわけでしょう。きょうのあのお芝居のおかげでお母さまは納得されたと思うわ。ただ、あなたがいまでもベネチアに対して特別な感情をいだいているとわかって、私のことをたぶん気の毒に思っているでしょうね」

「彼女に対して〝特別な感情〟など持ってはいない」マットは激怒していた。「念のために言っておくが、この芝居をするにあたっては君に高額の報酬を払う予定でいることを忘れないでもらいたいね」マットは口を引き結んだ。

「忘れるはずがないでしょう。お金をもらわなかったら、あなたと同じ部屋で寝たりしないわ！」

「今度また他人の面前で僕をばかにする気になったら、いまの言葉を思い出してもらいたいね！」マットはくるりと踵《きびす》を返し、バスルームから大股で出ていった。

フローラが出てくるのを待ちながら、マットは寝室の中を気難しい顔をして歩きまわっていた。フローラが手に負えない女性なのを思い出すことができたのは幸運だった。さもなければ彼女に魅了されて落ち着かなくなるところだ。マットは自分で自分の人生を制しきれないような気にさせられるのがいやだった。彼女はなぜ言われたとおりのことができないのだろう？　なぜいつも口答えするのだろう？　みんなと同じように彼女も僕のことを怖がってくれれば、何かとやりやすいのに。

ようやくバスルームから姿を現したとき、フローラは心配そうな顔すらしていなかった。青いシルクでできたシャツのような寝巻きを着ている。半袖で丈はわずかに膝上、控えめなデザインが胸のふくらみや脚の線をかえって強調している。

「あなたの番よ」

「なんだって？」

「バスルームよ」フローラは冷たく言い放ち、ベッドにもぐりこんだ。マットが数センチしか離れていないところで寝ることなど気にしていないのを示そうと決心していた。

翌日マットは機嫌が悪かった。七時に起こされて八時までにオフィスに来るよう言われたフローラもまた負けていなかった。〝今回の茶番劇〟のせいでむだにした時間を取り戻すため、というのがマットの言いぶんだった。ネルの姿が見当たらないのは好都合だった。二人は冷ややかな沈黙のうちに朝食をすませた。

午前中は最低限の会話しか交わさず、二人の間の空気は緊張感に満ちていた。ジンクスとだけ名乗る、けだるい女性の声がマットに電話をつないでほしいと言ったときには、フローラの堪忍袋の緒が切れた。二人は婚約したことになっているのだから、せめてガールフレンドとは話したくないというふりくらいしてもよさそうなのに、マットにそんなつもりはまったくないようだった。

「つないでくれ」説明もなしに彼はそっけなく言った。

今回の出来事のためにマットが自分の生活を変える気がないことを証明するつもりなら、私も自分の計画を変更する意思のないことを見せてあげるわ。フローラは受話器を取って社内の旅行課に電話し、オーストラリアのビザの手配を申しこんだ。ネルが木曜日に発《た》つころには世界一周の航空券が手に入るのだ。

フローラが各社の航空運賃を質問している最中にマットがオフィスから怒ったように出てきた。彼女は受話器を手で覆い、冷ややかに尋ねた。「何か用かしら?」

「新しいスポンサーのファイルが欲しかったんだが、自分で捜す。君の話の邪魔をしては悪いからね」

「ちょっと待ってくだされば、すぐに持っていきます」マットは早くもキャビネットの引き出しをばたんばたん音をたてながら開けたり閉めたりしている。口をきっと結んで彼女は電話を切り、キャビネットに歩み寄ってマットを押しのけるとファイルを取り出した。そして作り笑いを浮かべてマットに渡した。「ほかに何か？」

マットはほとんどひったくるようにしてファイルを取り上げた。「ああ、個人的な旅行の手配に勤務時間をむだにするのが終わったら、例の新しい日本食のレストランにきょうの昼の予約を入れてくれ」

「二人ぶんかしら？」フローラは興味ないといった調子で尋ねた。

「そうだ。一時に」マットは無愛想に言った。先ほど電話のあった投資銀行の担当者を連れていくのだが、説明するつもりなどなかった。自分の行動を逐一フローラに報告する義務はない。たかが個人秘書ではないか。「それから今夜は母を芝居か何かに連れていったほうがいいな。いまヒットしている公演のチケットを取ってくれ」

レストランに予約を入れながらフローラは思いをめぐらした。いまヒットしている公演は何かを教えてくれる人が誰かいるかしら？

セブだわ！　名案がひらめいて彼の職場の電話番号を捜そうと手帳を調べた。セブには頭にくることもあるけれど、レポーターとして街で何が起こっているか正確に把握しているという点では信頼できる。

フローラからの電話に出たセブはうれしそうだった。「いま君のことを考えていたところだ」質問に答えて公演をいくつか並べたてから、彼は言った。「君に話があるんだ。きょうお昼を一緒にどうかな？」

フローラは、ジンクスという〝ブロンド〟女性とお寿司《すし》を食べているマットを想像した。

「喜んで」


「それで、もう彼の母親に会ったのかい？」セブはフローラの目の前にグラスを置き、隣の椅子に座りながら言った。「君とマット・ダベンポートの関係は真剣なんだね」

「本当だと言ったでしょう」フローラは平静だった。冗談だとセブに打ち明ける必要はまだない。

「それは土曜の夜に見てわかったよ。本当は君がマット・ダベンポートのような男性と関係しているなんて信じられなかったんだが、舞踏会で互いを見つめていた視線から判断すると間違いないね。僕のことはあんなふうに見たことがなかったな。僕と昼食を一緒にすること、よく彼が反対しなかったね」

「マットは私のことを全面的に信じているもの。私に話って何？」

セブは、仕事をしている新聞の姉妹紙が求めているシンガポール支局の通信記者に応募したと言った。そして受かる可能性が大きいと付け加えた。

「ロンドンにいたかったんじゃなかったの?」

「キャリアとしてはシンガポールに行くほうが得だと思ったからだ。将来トップに上りつめることができるなら、どこへでも行く覚悟はできているさ」

それでこそセブだ!「そう、幸運を祈っているわ」グラスを上げたフローラの顔を、セブはしばし観察した。

「皮肉だな。何もかも投げ出して君が世界じゅうを旅してまわりたいと言うから僕たちは別れたのに、僕のほうが先に旅に出ることになるなんて。いまとなってはマット・ダベンポートとここに残るんだろう?」

フローラは彼の視線を避けた。「最終的にどうなるかは様子を見ないとわからないわ」

旅行すること以外にはなんの望みもないといまのいままで思っていたが、セブの質問を耳にして急に現実を突きつけられた思いだった。フローラが旅行している間マットはロンドンかニューヨークにいて、他社を合併したり、魅惑的なブロンド女性とデートしたりしているのだ。もはや彼のいない人生など考えられない。そう思っただけで彼女はめまいがして気分が悪くなった。

「土曜日の君はすばらしかった。君を見ていたら別れなければよかったと思ったよ。ローナは君ほど楽しくないんだ、フローラ」

「つまり、シンガポールへはひとりで行くということ?」

「そうだ。でももし君が来ることがあったら――マット・ダベンポートと一緒でもそうでなくても――訪ねてくれるだろう?」

フローラはしっかりとセブの目を見つめた。「ええ。たぶん」

昼食後、オフィスまで一緒に歩いて帰った。「出発する前にまた会えるわよね?」エレックス社の向かいの路上に立ち止まってフローラが尋ねた。

「もちろんだよ」セブはフローラに両腕をまわして抱きしめた。「二人で一緒に過ごした時間、楽しかったね」

フローラは愛情をこめてセブを見上げた。彼の言うとおりだ。いろいろな意味で一緒に成長してきたのだから。「ええ、楽しかったわ」

「もしマットとうまくいかなかったら、僕の居所はわかってるね」

「ええ」

最後にもう一度抱き合い、フローラは向きを変えて道を渡った。エレックス社の堂々たる入口をめざしたとき、彼女は反対側から近づいてくるマットと出くわした。

「楽しい昼食でした?」フローラは冷ややかに尋ねた。

「ああ、とても」

彼の言葉は、鉄製の罠《わな》がしまる音のように響いた。実のところ、フローラが誰と昼食をともにしているのだろうかとマットはそればかり考えていたので、もっとも影響力のある取り引き先との関係を危険にさらしかけたのだった。運転手を先に帰してオフィスまで歩いて戻ってきたとき、セブの腕に抱かれたフローラの姿を目撃してしまった。説明のしようがない怒りにとらわれ、彼はほとんど話すこともできなかった。

「それで、君はどこへ行っていたんだ？」

「昼食よ」

マットの顔はコンクリートのように固まった。

「ボーイフレンドと仲直りってわけか？」彼はやっとの思いできいた。

「そんなところね」フローラは肩をすくめ、セブと一緒にいるところをマットに見られたのを気にしていないふりをした。「あなたを舞踏会に誘ったのは想像以上の効果があったわ。セブはローナと別れてシンガポールに職を見つけたのよ」

マットはみぞおちを強く殴られたような感覚に襲われた。「君は彼を訪ねるんだろうね」彼は固く結んだ唇の間から言った。

フローラは顎を上げた。マットが気にしないのなら私だってかまわないわ！

「あなたが買ってくれることになっている世界一周の航空券で最初に降り立つところよ」

8

その夜、公演を楽しんだのはネルだけだった。新聞紙上で絶賛されている最新のミュージカルだったが、フローラにはステージはまったく目に入らなかった。彼女は暗闇《くらやみ》の中で不機嫌な顔をして隣に座っているマットしか意識していなかった。

マットは午後の間ずっと険悪なムードを漂わせていた。フローラもまたなぜか気がめいっていた。旅行にしか興味がなく、マットと恋に落ちるようなばかなことはあり得ないと彼に納得させることができたのだから、大いに喜ぶべきだった。

にもかかわらず、セブがローナと別れたことなんかどうでもいいし、私はシンガポールへは行かないかもしれないと、何度彼のオフィスへ駆けこんで打ち明けそうになったかわからない。

マットもフローラ同様、ミュージカルはほとんど目に入らなかった。俳優たちがステージの上で歌ったり踊ったりしている間、三日後に母がイタリアに発《た》てばこの茶番劇も終わるのだ、と自分に言い聞かせていた。フローラは友達と一緒に住んでいるあのにぎやかなフラットに戻り、僕もスイートをまたひとりで使うことができるようになる。日中は少しは仕事ができるかもしれない。ひと月もすればページが復帰するし、フローラはシンガポールのボーイフレンドのもとに駆けつけ、僕はフローラのことなどすっかり忘れる……といいのだが。

夕食の間はネルが話をもたせた。一、二度、ネルが興味深げな表情をして二人を見ているのにマットは気づいたが、緊張した雰囲気についてネルがひと言も触れなかったのには安堵《あんど》した。

ようやく夕食もすんで三人はホテルに戻った。寝室ばかりか同じベッドを共有しなければならないぎこちなさをまぎらすすべもなく、フローラとマットはとげのある礼儀正しさで相対した。マットは天井を見上げながら、誰とも永続する関係を持ちたくないもっともらしい理由を思い出そうとしていた。一方フローラはマットに背を向けて、シンガポールで飛行機を降りたとき自分を待っているセブを想像しようとしていた。

「きょうこそ君に指輪を買ったほうがよさそうだ」翌日オフィスへ向かう途中、マットが沈黙を破った。「母は本当は僕たちの婚約を信じていないような気がするんだ。ダイヤのいくつかついた指輪を見ればさすがに信じるだろう」

昼食のためネルと会うことになっていたので、フローラと一緒にマットは宝石店に寄った。リムジンはピカデリーにあるバーリントン・アーケードの端で二人を降ろした。しばらくアーケードを歩いた二人は、小さくて目立たない高級な店を見つけた。マットが慣れた様子でトレイの上の指輪に目を走らせている間、フローラは椅子に座っていた。「これが合うかどうか、試してみようか?」彼はサファイアとダイヤモンドの豪華な指輪を選んでそっけなく言った。

マットはおよそ恋人同士とは言えない様子でフローラの手を取り、その指輪を彼女の指にはめた。ぴったりだ。彼は満足そうな声を出した。

「気に入った?」

「すてきね」

フローラはいくらか物思いに沈んで言ってから彼を見上げた。マットはなんとも不可解で緊張した表情で彼女を見守っている。どれほど時間がたっただろうか、二人は無言のまま笑みひとつ浮かべずに見つめ合っていた。フローラの体の奥深くで何かが震えはじめると同時に、二人の間の雰囲気は違うものに変わったようだった。宝石商が軽く咳《せき》払いしたので、マットは振り向いて値段の交渉をした。取り残されたフローラは見慣れない指輪を見下ろして、あの表情はどういう意味だったのだろうかと思いをめぐらしていた。

店の外に出たとき、フローラはやっとのことで言った。「お母さまが発たれたら、すぐにお返しします」

マットは口を引き結び、当惑した気持ちをごまかすようにアーケードを大股で歩いていった。母をおとなしくさせるためフローラにふさわしい指輪をはめさせようとして出かけてきたのだが、指輪をはめたフローラの姿を見た瞬間、自分の中で何かが起こった。些細《ささい》なことかもしれないがそれがきっかけとなって自分の感情が抑制できなくなるのではないかというういやな予感がする。マットが唯一嫌いなものがあるとすれば、それは物事を自分で抑制できないことだ。

「返さなくていい」マットは言葉を絞り出すように無愛想に言った。

「そんなことはできないわ」フローラはショックを受けた。「あまりに高価すぎるもの！」

どれほど高価な指輪であるかフローラには想像がつくまい、とマットは思った。それを告げるつもりもない。大事なのは、フローラがいなくなったあと彼女を思い出させる指輪が手元に残らないことだ。「ボーナスだと思えばいい。母が納得して木曜日に発ってくれれば、正当な報酬だ」

ネルは先にレストランに来ていた。「まあ、なんてきれいなんでしょう！」目ざとく指輪を見つけ、声をあげる。そして彼女は指輪を検分するようにフローラの手を取った。

「わくわくしているでしょうね、フローラ！」

「ええ」フローラの声はかすれていた。「ええ、本当に」

「これで満足したでしょうね」席に着きながらマットが母親に言った。

「ええ、満足しましたよ」ネルはマットの声に含まれた皮肉な調子を無視した。「これで完璧《かんぺき》だわ！　正しい方向にちょっとあと押ししてあげてよかったでしょ？」

「ダイヤモンドのありとあらゆる広告に注意を促したり、ロンドンじゅうの宝石店の前を引っ張って歩いたり、一分に一度は会話の中に〝指輪〟という言葉をはさんだりするのが〝ちょっとあと押し〟と呼べるものならね！」

しかし、ネルは聞いていなかった。彼女はテーブルの向こうにいるフローラを見て、目を輝かせている。「本当に豪華な指輪だわ。あなたは幸運な女性ね、フローラ」

フローラはかろうじて笑みを浮かべた。幸運だと思わなくてはいけないのだけれど。

「フローラはちゃんとお礼を言ってくれたでしょうね？」ネルがマットをからかい、誘惑に負けたマットがフローラの顎に指を走らせた。

「そう言われてみればまだだった」マットは優しく言って、彼女の瞳をのぞきこんだ。まるで部屋には二人しかいないかのように。「本当に気に入ってくれた？」彼にとってそれが大事なことなのだとフローラは信じそうになった。

「ええ、とっても気に入ったわ。ありがとう」言葉だけでは充分でないような気がする。本当の婚約者がするように、フローラはマットの頬に手を当て、指を首にすべらせた。そして彼に体をあずけ、彼の頭を引き寄せてキスをした。

フローラは唇の端にキスをするだけのつもりだったのに、いったん彼に触れると離れがたかった。そのときマットが首をまわしたので二人の唇が重なった。奇妙な感覚だった。暗闇の中でよろめきながら歩いてきた末に、本来あるべき場所にたどりついたように彼女には感じられた。

マットの唇の感触にフローラはとろけてしまった。彼女の手は彼のうなじのあたりをさまよい、彼をさらに近くに引き寄せた。息をつこうと体を離したときには、体を貫く官能に圧倒され、二人は互いを見つめるだけだった。

ネルは満足げに見守っていた。「シャンパンで乾杯しなくちゃ。そうそう、私が木曜日に出発しなくてもかまわないでしょ？　もう少しいようかと思って。あんまり楽しいんですもの。二人とも一日じゅうオフィスにいるから、まだゆっくり会っていない気がするし」

「何を言ってるんだ。日曜日はまる一日、ゆうべもずっと一緒だったし、きょうだってこうして昼食も一緒じゃないか？」

「かまわないでしょ、フローラ？」ネルは矛先を変えた。

どうしていいかわからず、フローラはマットに目をやった。

「イタリアの友達はどうなるんだ？」

「あの人たちは夏じゅういるんですもの、いつ行ってもいいのよ。電話をして一週間ほど遅れるって言うわ。でもお邪魔ならそう言ってね、フローラ」

なんと言えばいいのかしら？ 「邪魔だなんてとんでもない。いてくだされればすてきだわ」

オフィスに戻る車の中でマットがぎこちなく尋ねた。「このまま続けてもかまわないのか？ やめたいのならそれも仕方がない」

「いいえ、このまま続けてもかまわないわ」指にはめた指輪を所在なくいじりながら、フローラは言った。「それに、まだボーナスをもらうだけのことをしなくちゃならないし」

「本当にいいのか？ 前に合意した額で追加ぶんを払うよ」マットは、二人の関係が純然たる取り引きであることを忘れていないと再確認したくて言った。それとも、再確認が必要なのは僕だろうか？ 彼は落ち着かなかった。

フローラはかぶりを振った。「これ以上お金は必要ないわ。あなたのお母さまのためにやるわ。それに、オーストラリア行き直行便のファーストクラスの航空券を買うだけのお金はもう稼いだもの。これ以上何を望むっていうの？」

フローラの言葉が沈黙の中で少しの間漂った。

「それは、もうシンガポールへは寄らないということか？」

「シンガポールに立ち寄る理由がないのよ」

長い沈黙が続いた。フローラが横目で見たのと同時にマットがこちらに顔を向けたので、緊張のうちに二人の目が一瞬合った。しかし次の瞬間、二人とも視線をそらした。なぜかマットは急に気分がよくなった。

ネルと昼食に長時間を費やしたので、フローラは午後の時間を使ってたまった仕事を片づけようとしたが、量が多くて八時過ぎまでオフィスを出られなかった。

「君をこき使いすぎると、母からのお小言が待っているだろうな」スイートのドアを開けながら、マットが疲れたように言った。

ところが、ネルはちょうど外出するところだった。「きょうの午後、〈ハービー・ニコルズ〉で誰に会ったと思う、マット！　ランダース夫妻よ！」

「それはよかったね」マットには誰のことかわからなかった。おそらく母の友人だろう。

「すてきでしょ？　ゆっくりお話をする時間がなかったので夕食に招待してくださったのよ。かまわないわよね。あなたたちは二人だけの時間が欲しいでしょうから。あらまあ、こんな時間だわ！　行かなくちゃ！」

ドアを閉めながらマットはつぶやいた。「僕たちだけの時間を心配するくらいなら、どうしてもう一週間残ることを主張したんだろう？　ときどき母を絞め殺したくなることがあるよ。それが役に立つとも思えないけどね。僕が首に手をまわしていても、〝どうしていつもそんなに怒っているの、マット〟って言うのが関の山だ！」

マットがあまりにも上手にネルのまねをしたので、フローラは笑わずにはいられなかった。一度笑いはじめると止められなくなった。

「君はいいだろう。自分の母親じゃないんだから」

フローラは涙をふいた。「すばらしいかただと思うわ」

「すばらしくなんかないさ。一緒にいたいからと言って無理やり一週間も滞在を延ばしておきながら、最初にすることがなんだ？　家に帰ればいつだって会える友達と夜を過ごす予定を立てるなんて！」

「気をきかせたのかもしれないわよ」まだほほ笑んだままフローラが言った。だが、マットと視線を合わせたのは失敗だった。二人が本当に恋人同士で、ひと晩二人きりになれたのならしているはずの行為のイメージが、突然浮かんだからだ。

マットも同じことを感じたに違いない。二人の顔から笑みが消え、緊張感が漂った。

マットが先に視線をそらした。「さてと、どうやら今夜は二人きりらしい。夕食は外でしたい？」

「それほどおなかはすいてないわ」

「僕もだ」またしてもぎこちない間があり、二人は同時に口を開いた。

「私は……」

「もしかして……」

二人とも口をつぐんだ。

「お先にどうぞ」マットが言った。

「シャワーを浴びようかしら、と言おうと思ったの。かまわない？」

「もちろん。君に何か飲み物をすすめて、僕は少し仕事でもしようかと思ったんだ。読まなければならないレポートがあるんだ。よかったら君はテレビを見ていてくれ」

フローラは読みたい本があると言い残し、彼が目の前にいなければ緊張感がおさまるだろうと思いながらシャワーを浴びに行った。しかし、大した違いはなかった。彼の姿がありありと目に浮かぶので、一緒にシャワーを浴びているのと変わらなかった。裸で湯を浴びていることで、絶え間なく体を貫く欲望をことさら意識してしまう。

居間ではマットが窓辺に立ってハイドパークを見下ろしながら、シャワーを浴びているフローラのイメージを払いのけようとしていた。彼女が出たら僕もシャワーを浴びようと思っていたが、この調子では冷たいシャワーにしたほうがよさそうだ。

しばらくして、二人はなるべく離れて別々のソファに座り、互いに読み物に没頭しているふりをしていた。フローラは同じページを何度も繰り返し読んだものの、ひと言も頭に入らなかった。マットの一挙一動にすっかり気を取られていたのだ。

彼がグラスを取り上げるたび、ページをめくるたび、フローラは心臓をぎゅっとつかまれるような気がした。彼はそこに座っているだけなのに、彼が息をするたびに彼女の欲望は高まっていった。

マットの方を見てはだめ。フローラは必死で自分に言い聞かせようとした。しかし何か見えない力に引かれるように彼女の視線は彼の方へいってしまうのだった。マットのほうも同様だった。二人の視線は繰り返し出合った。

マットはレポートのページをめくった。太平洋周辺地域における新しいマーケティング戦略に関するレポートだったが、彼の目に映るのはページにちらつくフローラの顔だけだった。彼女はシンガポールのセブのところへは行かない。そのことが午後の間ずっとマットの中で脈打っていて、いまや彼の目はフローラに釘《くぎ》づけになっていた。

フローラが読書している間、マットは彼女の頬骨の線、唇の曲線、眉のアーチに視線をさまよわせ、彼女が目を上げるとあわててレポートに視線を戻した。ページに書かれた言葉は目の前にちらつくばかりで意味をなさない。いま意味のあることといえば、フローラを寝室に連れていき、ひと晩じゅう彼女と愛を交わすことだけだ。

感情の高まりがあたりに満ちているようだ。フローラは息をするたびに小さな火花が散るような感覚に襲われた。二人の間で緊張が極限に達し、体は欲望に突き上げられて脈打っている。痛いくらいなのがマットにもわかっているに違いない。これ以上ここに座っていたら爆発してしまうわ!

緊張に耐えられなくなり、フローラはぎこちなく立ち上がった。「私……もう寝るわ」自分の声が甲高く神経質そうに響くのを聞いて、彼女は唖然《あぜん》とした。

マットは本能的にフローラと向かい合うように立ち上がった。「本がおもしろくないのかい?」

「私……集中できないのよ」フローラは苦しげに言った。

「僕もだ」

「そうなの?」フローラがためらいがちに尋ねた。

「なぜだか知りたい?」

「なぜ?」マットの目に浮かぶ表情に、期待でどきどきしながらフローラはささやいた。

二人を包む空間が縮まって二人だけとなり、もはや無視することのできない欲求が強烈に感じられる。

「きょう君にキスしたときの感触が忘れられなくて、そのことばかり考えていたからだよ」深みのあるマットの声がフローラの体を貫く。「もう一度君にキスをしたい」

フローラは言葉を失った。肺からすべての空気が抜けてしまったみたいだ。足元の床が割れ、わずかに動いただけでも深い裂け目にまっさかさまに落ちてしまいそうな気がする。

フローラはひたすらマットを見返すことしかできなかった。彼女の顔に表れた欲求を読み取ったマットは、ゆっくりと歩み寄った。そしてそっと手を伸ばし、フローラの肩から静かにカーディガンを脱がせた。

「でも、やっぱりあまりいい考えではないかもしれない」マットは優しく言いながら、むき出しになったフローラの腕に手をすべらせた。彼の指は肌をさりげなく愛撫《あいぶ》している。マットにはフローラが震えているのがわかった。「どう思う?」彼はいたずらっぽくきいた。

喉のあたりで脈が激しく打つのを感じ、フローラは喉をごくりとさせた。「たぶん……やめておいたほうが」

マットの指は無意識のうちにフローラの鎖骨の線をたどっている。

「オフィスで一緒に仕事をするのが気まずくなると思うかい?」問いかけつつもマットはフローラの顔から髪を払いのけ、首筋のあたりにキスができるようにした。

彼の唇の感触に、鋭い感覚がフローラの体を貫いた。彼女は息が止まりそうになった。

「たぶんね」

「二人とも永続的な関係にはなりたくないということで同意したよね」じらすようなキスの合間にマットがささやいた。

「ええ、そうよ」マットの舌が耳たぶに触れたので、急いで息を吸いこみながらフローラは答えた。

「君は旅行がしたいわけだし、僕は会社の経営に専念したい。母はここにいないのでいまは芝居をする必要もない」

「そうね」フローラはため息とともに答えた。マットの唇がほほ笑んでいるのが肌で感じられる。

「君にキスするのをやめて、レポートを読むことに集中したほうがいいと思うかい?」

「その……そのほうが無難かもしれないわ」フローラはかすれた声で言った。でもどうして分別ある行動ができるだろう。マットの唇や手がかすかに触れるだけで興奮してしまうというのに。彼の唇は私の唇から数センチしか離れていない。そのこと以外にはなんの意味もない世界にフローラは漂っていた。

「それじゃ、これはやめたほうがいいな」マットが耳元でささやいた。

「そうね」フローラはマットのこめかみに唇を当ててささやいた。彼はあまりにも近くにいる。彼の首に腕をまわし、彼の頬にキスをせずにはいられなかった。「でも、もうやめなくては」

「問題は」マットは自分の唇でフローラの唇をかすめながら低い声で言った。「問題はね、フローラ……ここまできたらやめられそうもないということだ!」

マットの唇はフローラの唇から目や顎へ、そしてまた唇へと羽根のように軽く往復した。

彼女は頼りなげにため息をもらし、マットのシャツの胸のあたりで両手を広げた。

「君がやめてほしいならやめるよ、フローラ。本当にやめてほしい?」

イエスというべきだ。我を忘れてしまう前に彼から離れるべきだわ。イエス――それだけ言えばいいのよ。

「いいえ」フローラは彼のウエストに両腕をまわした。彼に寄りかかりたいという誘惑についに負けてしまった。「いいえ、やめないで」

マットは勝ち誇ったようにフローラの顔を両手ではさみ、星の輝きを思わせる青い瞳をのぞきこんだ。彼の表情は、勝利と安堵と、フローラには理解できない何かで輝いている。彼の唇がフローラの唇としっかり重なったとき、彼女の意識は遠のいていった。

これこそマットと初めて会って以来夢見ていたキスだった。深く、飢えたようなキスは彼の欲望がフローラと同じであることを物語っている。彼女はマットにしがみついた。両手は激しく彼の体の上を動きまわってようやくシャツのボタンを見つけ、ぎこちない手つきではずしはじめた。

「ベッドへ行こう」マットが荒々しく言った。ネルのことだから、いつもの非の打ちどころのないタイミングで入ってこないとも限らない。

マットはフローラの手を取って寝室へ引っ張っていき、ドアを閉めた。ドアに寄りかかると、彼女をきつく腕の中に抱き寄せ、長々とキスをした。少しの間も離れたくなくて、二人はキスをしたままベッドの方へあとずさった。

フローラの体は期待にわななき、手の震えが激しくて彼のシャツを脱がせることができなかった。結局マットがじれったそうに一気に脱ぎ捨てた。彼はベッドの端に座り、フローラを抱き寄せた。

苦しげに息をしてから、フローラはおそるおそる両手をマットの肩にのせた。彼の素肌は温かく、なめらかで引き締まっており、力強さにあふれている。

「フローラ……」マットの声は自分を抑制しようとしてかすれていた。彼女を少し自分の体から離して、彼は言った。「本気なのか、フローラ?」

フローラは身をかがめてマットの耳にキスをした。「本気よ」彼女はささやき、ほほ笑んだ。

もはや自分を抑制することができなくなったマットは、フローラのヒップからふくらはぎへ、そして膝の裏側へ、スカートの下のなめらかな脚へ、ゆっくりと手をすべらせた。フローラは片側の耳から反対側の耳へとキスを続けた。「あなたこそ本気なの?」

マットの指がフローラの太腿をきつくつかむ。彼は相手の顔をのぞきこんだ。「これほど本気になったことはないよ」

「よかった」フローラはそれしか言わなかったが、充分だった。彼女は腕を交差させて袖《そで》なしのトップを頭の上へ引き抜いた。マットの顔はちょうど彼女の胸の高さにある。彼はゆっくりとフローラの背中に手をすべらせ、ブラジャーのホックをはずして床に落とした。長い間マットは彼女をじっと眺めていたが、やがてウエストに手をまわし、自分の方に引き寄せた。

マットがフローラの胸に唇を押し当てると彼女は驚きの声をあげ、彼の髪に指をからませた。体が熱くなる。彼の唇と舌は、味わい、じらし、なぶりつつ胸の頂から頂へさまよった。興奮の炎が体じゅうを走り、やがて情熱の大きな火の玉となって爆発した。フローラは震えながら頭をのけぞらせ、すすり泣くように弱々しい声をもらした。

マットは彼女のウエストのファスナーをはずした。スカートがゆっくりと足元に滑り落ち、彼女の体を覆っているのは下着だけになった。

そしてついに一糸まとわぬ姿のフローラがマットの目の前に立っていた。彼は両手をヒップの曲線から上へすべらせて両の胸をつつみこんだ。もはやこれ以上我慢できない。立ち上がってズボンとブリーフを脱ぐ間、一瞬体が離れたが、マットが両手を伸ばしたとき、二人の体はもはや何物にも邪魔されることはなかった。

互いの肌が触れ合う。電流が走り、フローラが声をあげると、マットはほほ笑みながら彼女をベッドに横たえた。「ゆうべからずっとこうしたかったんだ。その前の晩も、その前の前の晩も」フローラの体を下にして、彼は喉から肩、胸にキスをした。自分のものだと言わんばかりに体じゅうに手をすべらせる。「眠れなかった。こうして君に触れ、君にキスをすることしか考えられなかったのに、君ときたらただ横になって寝ていたんだからね！」

「眠れなかったのは私のほうよ！　あなたはいびきをかいていたわ！」

「とんでもない！」

マットの言葉に歓喜が体を貫いたフローラは、彼にしがみついて激しくキスをした。

「どうして眠れなかったんだい？」

「あなたのことを考えていたのよ。寝返りを打ってあなたの背中に手を置いたらどうなるかと、それればかり考えていたわ」

「本当かい？」

フローラはうなずいた。「あなたも寝返りを打ってこちらを向いたらどうなるか、私がこんなふうにあなたに触れたらどうなるか、思いをめぐらしていたの」彼女の手は探るようにあちこちさまよった。「こうして」彼女はマットの引き締まった体と、隠そうともしない反応を楽しんでいた。フローラの指の動きがゆっくりになる。「それにこうして……こうして……」

「どうしてそうしなかったんだ？」マットはなかばうめき声をあげながら尋ねた。

「あなたが望んでいるかどうかわからなかったんですもの」

フローラが告白すると、マットは頭を上げてほほ笑み、彼女の目をのぞきこんだ。そこにはどんな疑惑も溶かし、あらゆる感覚を期待に舞い上がらせる表情がこめられていた。

「これでわかっただろう。それとも証明してみせようか？」

「その必要はないけれど」フローラは考えるふりをした。「でも、できればすばらしいわね」

マットはしっかりと彼女を抱き寄せた。彼の唇がフローラの唇を奪う。理性がかき消される前に彼女は付け加えた。

「証明できたら本当にすばらしいと思うわ！」

9

かなり時間がたってから、フローラは夢見心地で目を開けた。ホテルの部屋が以前とまったく同じ状態なのを、ある種の驚きをもって彼女は認識した。私がこんなにも変わってしまったのに、世の中が変化しないなどということが、あり得るのかしら？

これほどの充実感を経験したことはかつてなかった。フローラはマットによって別の世界、別の時間、別の次元へ連れていかれた。そこに存在するのはともに動く互いの体、肌と肌が触れ合う熱さ、優しく触れ合い、互いに味わい、ささやき合う愛の言葉だけだった。激しく舞い上がる興奮、歓喜の極みから恍惚《こうこつ》へと導く激しい欲望があとからあとから襲ってきて、二人は互いにしがみつくことしかできなかった。

マットは顔をフローラの喉のあたりにうずめ、腕は彼女の体にあずけていた。フローラは、彼の重みや喉をくすぐる温かい息、呼吸するたびに上下する引き締まった胸がいとおしかった。

マットのすべてがいとおしい。

真実が脳裏をかすめ、まぎれもなくそこに落ち着いたとき、フローラの手が止まった。驚きはなかった。彼をどんなに愛しているか、ずっと前から知っていたような気がする。どうしてもっと早く彼に対する気持ちに気づかなかったのだろう？　フローラの指はゆっくりと彼の体の上をさまよいはじめた。

マットとの将来はない。その点について彼は明言した。それでも二人がしたことをフローラは後悔するつもりはなかった。長い目で見れば、一定の距離を保ってプライドを傷つけられることなく別れたほうがよかったのかもしれないが、ページが復帰したときに思い出しか残らなかったとしたら、プライドがなんの役に立つだろう？　今夜のことは何もかも大切な記憶として心にとどめよう。この関係が続かないことを悲しむ気にはなれない。どんなに彼を愛しているかという事実をすなおに受け入れたいま、自分の気持ちをごまかす必要はないとわかり、フローラは解放感を味わっていた。マットを愛せる間、精いっぱい愛そう。そして別れたあとも愛しつづけよう。

何があろうと自分の気持ちを変えることはできない、とフローラは直感した。たとえ胸が張り裂けるほどの悲しみに終わろうとも、いまは先のことは考えずに残された時間を大事にしよう。マットの髪にキスをすると、彼は身じろぎして彼女の名前を呼び、喉元にキスをした。それから身を起こして、彼はフローラの顔を見下ろした。

「すばらしかったよ」マットは優しく言いながら髪をひとすじフローラの頬から払いのけ

た。彼の目に浮かぶ温かさと優しさを見て、フローラは胸を締めつけられる思いだった。

「君はすばらしかった」

「レポートを読んでいればよかったとは思わないの?」フローラがからかった。

マットの手が誘惑するようにフローラの胸にすべっていった。彼女の骨をすべて蜜《みつ》にし、シャンパンが血管を流れているのかという気にさせる笑みが、彼の顔に浮かんだ。「君はどう思う?」

「寝物語に読むこともできるわよ」

「できなくもないが、いまは読書をする気分じゃない!」キスしながらマットが言うと、フローラは両腕を彼の首に巻きつけた。

「いまから良識のある行動をとろうとしても遅すぎるんじゃない?」フローラは幸せそうにため息をついた。

「そうだね」まさぐるマットの両手や唇に反応して、フローラが身をのけぞらす。「とんでもなく遅すぎるよ」

何時間も快い時間を過ごしたあとでマットが目覚めたとき、笑みを浮かべたフローラが隣で安らかに眠っていた。普段彼は目を覚ますと同時に行動に移るのだが、いまは隣に横たわって彼女を身近に感じていたかった。

マットはそっと手を伸ばして髪をひとすじ指にはさみ、そのやわらかさを堪能《たんのう》していたが、自分の行動に気づくや笑みが消えた。僕の行動を誰かが見ていたら彼女に恋していると思うだろう！

フローラを起こさないよう静かにベッドを抜け出したマットは、ベッドの端に座って見るともなく絨毯《じゅうたん》を眺めた。恋に落ちて日常生活を乱すことだけはしたくない。恋は面倒で、とてつもない労力を必要とするし、抑制するのが困難だ。恋は時間に余裕のある者のための贅沢《ぜいたく》だ。僕は会社を経営しなければならない。恋をする余地などないのだ。あるだろうか？

生まれて初めてマットは答えに窮した。ためらったことに心を乱されつつ、ズボンをはき、ゆうべ脱ぎ散らかした服をかき集めた。それから上半身裸のままベッドの端に座り、眠っているフローラを見守った。

けっして美人というわけではない。口は大きいし、鼻も大きすぎる。顎はいかにも強情そうで、体の曲線は悩ましすぎる。だが美しい女性はいくらでも知っているのに、フローラのような気持ちにさせてくれる女性はいなかった。彼女の何がこんなにも胸を締めつけるのだろう？

マットは腕時計に目をやった。もうすぐ八時半だ。オフィスへ行くべきだ。フローラは寝かせておくことにしたが、さよならを言わずに行きたくはなかった。情けないことに、出かけたくないと思っている自分に彼は気づいた。

マットはフローラの両側に手をついて体をかがめ、キスをして起こそうとした。フローラはすてきな夢から覚め、それが夢でなかったことを発見した。マットが優しいキスで眠りから陽光のまぶしい世界に連れ出してくれたのだ。

「起きる時間だよ」ベッドの上にゆったりと座り、マットがフローラを腕に抱き寄せた。

フローラは羽毛入りの上掛けを持って体を起こしたが、急にゆうべのことが思い出されて恥ずかしくなった。「寝過ごしたかしら？」

「ああ」マットはほほ笑んでいる。

フローラは安心して枕《まくら》に寄りかかった。「起きたほうがよさそうね」

「どうして？」誘惑に負けたマットは手を伸ばし、フローラの手首の内側にキスをした。

フローラは身震いしてみせた。「私の上司は暴君なの。毎朝日の出とともにオフィスに行かないと大騒ぎするのよ」

「とんでもない上司のようだね」手首から肘へキスをしながら、マットがささやいた。

「どうして辞めないんだ？」

「よく知ってみれば、そんなに悪い人じゃないのよ」

「本当に？」マットがからかった。

「本当よ」フローラはほほ笑み、両腕をマットの首にまわしてキスをした。「実は、ときどきとってもすてきなの！」

「フローラ――」マットは言いかけてやめた。自分でもはっきりわからないことをどうやって彼女に説明できるだろう?

頼りなげなマットの表情を見て、フローラは自分の手を彼の手に重ねた。「いいの。言いたいことはわかるわ」

奇妙な表情がマットの目をかすめた。「本当にわかるのかい?」

「そう思うわ」フローラは息を深く吸いこんだ。「ゆうべ起こったことをあまり深読みしないようにって言いたいんでしょう? 私たちが交わした取り引きのことを思い出させたいんでしょうけれど、私が感情的になるのを恐れているのならご心配なく」マットの顔は能面のようだ。「私だって大人よ。ゆうべのことがどんなにすばらしかったかは言う必要はないでしょう。あなたからこれ以上のことは期待していないわ」

「なるほど」マットは無表情に言った。フローラのものわかりのよさに感謝すべきなのだ。口論や、関係を続けたがる男べったりの女性が嫌いなのは、僕のほうではないか?

反応を示さないマットに、フローラは困惑した。「二人とも人生の目的が違うんですもの。あなたにとっていちばん大切なのは会社だし……」

「君にとっては世の中を見ることだ」マットが付け加えた。

フローラは上掛けに目を落とした。いまいちばんいたい場所は彼のそばだ。でもそれを言うのはフェアじゃない。「ええ」彼女はきっぱりと言った。

少しの間沈黙があった。

「私が言いたいのは、ゆうべの出来事があっても何も変わらないということよ」

「本当にそう思っているのか？」片方の眉を上げながらマットが尋ねた。

「ええ」フローラは自分を納得させようと必死だった。「ページが戻るまで個人秘書の仕事は続けます。少なくともオフィスにいる間は、ゆうべのことはなかったふりをすればいいだけよ」

「で、オフィスにいないときは？」

「そうね……。お母さまが出発されるまでは婚約しているお芝居を続けなければ。あと何日かのことだけれど、同じベッドに寝るからには……」マットが助け船を出してくれることを願ってちらりと彼を盗み見た。私が何を言おうとしているのか、彼は承知しているはずなのに！

しかし、マットは奇妙な謎《なぞ》めいた表情で彼女を見返しただけだった。「それで？」

「私は……その……お互いに何も期待していない以上、私たち……できれば……この機会を最大限に生かせないものかと……あなたが望まないなら別だけど」フローラはあわてて付け加えた。

望まないだって？　自分が僕にどういう影響を与えているか、彼女は知らないのだろうか？　フローラはつかのまの情事しか期待していないことを明言した。もちろんかまわない、とマットは自分に言い聞かせた。それ以上の関係に拘束されるつもりはもともとないのだから。

「いいんじゃないかな」あまり熱心でないように聞こえたのではないかと思い、彼は体を前に倒してフローラにキスをした。「今度も取り引き成立だ！」

オフィスにいる間マットはフローラに触れようとはしなかったし、仕事が終わってからの幸せにあふれた時間にも言及しなかった。しかし二人の視線はしばしば出合った。どちらもほほ笑んだりはしなかったが、二人とも相手がこれから訪れる夜のことを考えているのはわかっていた。彼を見つめたあと、フローラは喜びにあふれて仕事を再開するのだった。

相次ぐ会議と書類の締め切りに追われて毎日が矢のように過ぎていく一方、夜になると時間は止まったかのようだった。二人で一緒に過ごす夜には、魔法にかけられたような恍惚感、心を震わせる喜び、互いの体を探り合う興奮しか存在しなかった。

フローラは日を追うごとにますますマットを深く愛するようになり、自分の気持ちを抑えることができなくなった。一緒にいる時間の魔法が解けるのを恐れているかのように、二人とも将来の話はいっさいしなかった。ネルがイタリアに出発し、自分がホテルに泊まる必要がなくなったらどうなるか、フローラは考えようとはしなかった。一日の終わりにマットが寝室のドアを閉め、ほほ笑んで両手を差し出す瞬間のことだけを考えていた。

他人に邪魔されたくなくて、二人はめったに出かけなかった。

あんなに二人と一緒に過ごしたいと言っていたわりには、魔法のような十日間、ネルは不思議と留守がちだった。彼女ほど社交的な人にフローラは会ったことがなかった。二人がオフィスから戻ってくるや、一緒にお酒を飲む間もなくホテルのスイートから毎晩のように出かけていくのだった。

マットとフローラは幸せのあまり、ネルがどこへ出かけていくのか考えることもなかった。ネルがパーティに出かける前に翌日発《た》つことを言い出すまでは、二人の関係が一時的な取り引きであることも忘れていた。「あした、あなたの運転手に空港まで乗せていってもらえるかしら、マット？　フライトは三時よ」

「昼食を一緒にすませてから僕が送っていくよ。忘れていてすまなかったね、お母さん。かまってあげられなくて悪かった」

ネルはいとおしげにマットにほほ笑みかけた。息子がこんなにリラックスしている姿、幸せそうな姿を見たことがない。「そんなことありませんよ。こんなに楽しかったのは久しぶりだわ」

ネルは二人にキスし、くるりと背を向けてパーティへ出かけていった。ネルが行ってしまうのが何を意味するか気づいたマットとフローラは、気づまりな沈黙とともに残された。

フローラは指にはめたサファイアとダイヤモンドの指輪をくるくるまわした。宝石が彼女をあざ笑っているように見える。「婚約しているふりをしなくてよくなるのも、なんだか不思議な気がするでしょうね」

「ああ」マットは背中をまるめて窓辺に歩み寄った。なんていまいましい！　何もよりによっていま発たなくてもいいだろうに。生まれて初めて、マットは自信が持てなかった。次に何が起こるか、考えたくもない。

「誰かにきかれた場合にそなえて、どうやって婚約を破棄するか口裏を合わせておいたほうがいいわ」フローラが続けた。

「確かに」気乗りしない調子でマットが応じた。最初の取り引きに、フローラはなぜこんなにもこだわるのだろう？　ネルが発つまで婚約者として芝居をすることに同意して、そのとおりにしてきた。まだあしたまであるじゃないか。そんなにあわてて終わらせることもないだろうに。

フローラはじっと動かないマットの背中を怒りとともに見つめていた。なんて非協力的なのかしら！　いつかは決断しなければならないことなのに。「あなたが別の女性に心を惹《ひ》かれたと言えばいいわ。誰も驚かないでしょう」

「だめだ！」マットの反応は本能的なものだった。「二人とも気が変わったと言うのはどうだろう？」

「それでは不充分だと思うわ。お母さまにしてもほかの人にしても、真っ先に理由をきくはずよ。二人とも結婚するのが怖くなったということにしてはどうかしら?」

マットが振り向いた。「代案がある」

フローラはかたずをのんで彼を見つめた。

「どういう意味?」

「最初は母が発つまで婚約しているふりをすればいいという取り引きだった。でも公式に発表する必要はないだろう? エレックスではみんな僕たちが婚約しているものと思っているから、二人の関係が終わったあとも君が僕のところで働いているのは不思議に思うはずだ。ページが戻ってきて君がオーストラリアに出発する準備ができるまで待ってはどうかな? どっちみちそのときに関係を絶たなければならないんだから」

「その間はどうするの?」

マットはフローラに歩み寄り、両手を彼女の肩にのせた。「その間、母が電話をかけてきたとしても君はここにいるし、誰にもなんの説明をする必要もない。このまま続ければいいんだ。この二週間は楽しかっただろう?」

「もちろんよ」

「どう思う? 君を束縛したくはないんだ、フローラ。君は自由の精神の持ち主だ。だからこそ僕は君を……」

マットは、すんでのところで自分を抑えた。まさか〝愛している〟と言うつもりじゃないだろう？　いや、そんなはずはない。愛などという言葉は使ったことがないのだから。

「だから君が好きなんだ。二人とも長続きする関係には興味がないけど、楽しくやってこられたと思う。このまま終わらせたくはないんだ。でも、君がおしまいにしたいのなら約束を守るよ。君に金を払うからもとの関係に戻ればいい」

「私がそうしたくなかったら？」フローラの唇には笑みが浮かび、それを見たマットはくらくらするほどの安堵《あんど》感に襲われた。

「母が発ったあとも僕とここにいてくれ」

せっぱつまったような彼の声がフローラの体を貫いた。「特別ボーナスはなし？」彼女は首をかしげてからかった。

「ボーナスはなしだ。君が残るなら、それは君が望むからであってほしい。旅行の費用欲しさではいやだ」

〝ノー〟と言うべきだわ。長くいればいるほど別れがつらくなるのが、フローラにはわかっていた。でも、二人の関係が終われば惨めな思いをするのは目に見えている。あと数週間、彼といられる幸せを味わったとして何が悪いの？

「ページが戻るまでの間だけね？」フローラは無意味な希望をいだくまいと、確かめるように尋ねた。

「そうだ、ページが戻るまでの間だけだ」

フローラは彼の顔を見上げ、心を決めた。私はマットとできるだけ長くいられるためならなんでもするだろう。彼が差し出すものはなんでも受け入れ、胸が裂けるほどの悲しみにはあとで立ち向かうことにしよう。

「どうする？」マットは何気ない調子を装っていたが、彼の指が緊張しているのがフローラにはわかった。

ほほ笑みながらフローラはマットのウエストに腕をまわし、彼の体の感触で希望のない未来を忘れようとした。いまは彼といることの喜びに身をゆだねよう。「このまま残りたいわ」

翌日、ネルがイタリアへ出発する前に、マットは母を特別な昼食に招待した。ネルは相変わらず温かさとユーモアにあふれている。マットの隣で目を輝かせていたフローラは、衝動的にテーブルの向こうに腕を伸ばしてネルの手を握りしめた。

「寂しくなりますわ」愛情をこめて言う。

「また来るわよ」ネルは感動して約束した。「次に来るときは、結婚について具体的な予定を聞きたいわね」ネルは鋭い視線をマットに向けて付け加えた。「この取り引きが終わるまでとか、あれが終わるまでとかいうばかばかしい話はなしにしてちょうだい！」

「わかったよ、お母さん」

ネルはマットのわざとらしい卑屈な声の調子に、あきれたように目をくるりとまわした。「どうかしらね！　あなたは、フローラに出会えて自分がどれだけ幸運かわかっているのかしらと思うことがあるのよ！」

マットはフローラを、次にネルを見た。からかうような表情は彼の目から消えていた。「わかってるよ」彼が静かに言うと、ネルは満足そうにうなずいた。

ネルはバッグから古ぼけた革の箱を取り出し、フローラに渡した。「あなたにこれを受け取ってほしいの」

「なんでしょう？」フローラは困惑した。

「開けてごらんなさい」

中には長い年月を経てきたとみえる、金の鎖についた繊細なダイヤモンドのネックレスがおさめられていた。「マットが生まれたとき、スコットがプレゼントしてくれたの。これを身につけるには私は年を取りすぎたわ。あなたに持っていてもらいたいのよ、フローラ。スコットと私が幸せだったように、マットとあなたにも幸せになってほしいの」

「まあ、ネル……」

フローラの目に涙があふれた。マットの母にとってそれほど大事なものを、自分が受け取るには忍びなかった。しかし断るためには、真実を告げなければならない。ネルはどんなにか傷つくだろう。ネルがこんなにも楽しみにしている結婚式が執り行われることはない――少なくともマットの花嫁がフローラではないなんて、どうして言えるだろう？

「ありがとうございます」フローラはそれしか言えなかった。

「泣かないで。私まで泣きそうよ。それにあなたたちにとってきょうはうれしい日なんですもの。やっと私を追い払うことができるのよ！　シャンパンを注文していないなんて驚きだわ、マット」

ネルは笑顔で付け加えた。

「シャンパンを頼みましょう。でも、お母さんが発つからじゃありませんよ。お母さんに乾杯」マットはネルと目を合わせ、静かに付け加えた。「ありがとう」

「不思議ね。お母さまがいなくて本当に寂しいわ」その夜、ベッドに横たわってゆっくりと互いを愛撫《あいぶ》しながらフローラが言った。「ほとんどここにはいなかったのに、さよならを言うのが残念だったわ」

マットがどっちつかずの相づちを打ったので、フローラはとがめた。

「お母さまのこと、大好きなくせに。どうして正直にそう言えないの？」

なぜだろう？　マットは仰向けになって頭の後ろで両手を組んだ。「男は感情を表に出すものではないと思って育ったからだろうね。父が亡くなったとき、どうして僕がもっと泣かないのだろうと母は不思議に思ったようだが、父がいなくてどんなに寂しいか認めれば母をより苦しめることになると考えたからなんだ」

「お父さまはどんなかただったの？」

マットはしばらく考えていた。「頭脳明晰《めいせき》な人で、母以外の人に対してはなかなか打ち解けなかった。僕は子供ながら二人の間の情熱には気づいていた。振り返ってみると、二人の絆《きずな》があまりに強いので僕はのけ者にされているんじゃないかと感じてたんだろうな。父が僕を無視したと言っているわけじゃない。ただ、無意識のうちににじみ出てくるといった愛情表現を受けた記憶がないんだ。覚えているのは、なんでも父と同じようにできなければいけないような気がしていたことだけだ。僕にとって父はいつも近づきがたい存在だった。父が簡単に打ち解けないのを、僕は無関心からだと思ってしまった」

「お父さまはあなたを愛していたに違いないわ」フローラが優しく言った。

「愛していたよ。でも僕はそうでないと信じて二十九年間をむだにしてしまった。去年、父と仲のいい友人が亡くなり、父が彼に宛《あ》てた古い手紙を読んで、僕がどれだけ父にとって大切な存在だったか初めて知ったんだ。どれだけ僕を愛していたか、僕を自慢に思っていたか、友達には言えたのに、僕には言えなかったようだ」

「お父さまは私たちとは世代が違うのよ。自分の感情をどう表現していいかわからなかったのね。私の父も同じだわ。誰かが何を感じているかなんて話しはじめようものなら冷や汗をかく人よ。お父さまが生きていらしたら、あなたがどれほど大切な存在かほかの方法で表現なさったと思うわ」

マットは黙っていたが、彼が真剣に聞いているのはフローラにもわかっていた。

「残念なことだったけれど、大事なのはあなたを本当に愛していたということでしょう。お父さまと同じ過ちを犯さないで」

「どういう意味だ?」

「あなたはお父さまと同じように自分の気持ちを全部自分の中に閉じこめているわ。少なくともお父さまはお母さまには話をした。でも、あなたは誰にも本心を見せない」

フローラの言うとおりだ。マットは誰にも〝本心を見せる〟ことなどしたくなかった。自分の気持ちがわからなかったし、数週間後にはいなくなる女性に本心を打ち明けてなんになるだろう? そこで彼は、フローラがいなくなるのがどれほど残念かを説明するかわりに、彼女と距離を置こうとした。

「信頼できる女性に会ったらそうするよ」マットは冷たく言い放った。

「会えるといいわね」フローラは応じた。〝私は信頼できるわよ〟と言いたかったがやめた。彼はすでに必要以上に少年時代のことを告白してしまったに違いない、と察していたからだ。

事件が起こったのは二日後だった。マットがオフィスに戻ると、フローラが山のような電話のメッセージとともに待ち受けていた。「ああ、それからトム・ゴルスキーに電話してください。私がかけてみましょうか？」

マットは返事ができなかった。どれほど深くフローラを愛してしまったか急に気づいたショックで、彼女を見つめていた。〝ある日彼女を見ていたら、僕にとっては人生でただひとりの女性だと気づいた〟たしか母にそんなことを言ったのではなかったか？　いま、それが現実となったのだ。

げんこつでみぞおちを殴られたようだった。なぜいまになって？　フローラが自分にとってどれほど大事か気づく機会はいくらでもあった。彼女がトム・ゴルスキーの話をしているいまこのときに、どれほど彼女を愛しているか気づくなんて。

「気分でも悪いの？」フローラが奇妙な表情を浮かべてマットを見た。

「大丈夫だ。トムとはあとで話す」

「人事課へ行ってきます。すぐに戻るけれど、ほかに用事がないのならいまのうちに行ってくるわ」

どうしてそんなに有能なんだ、とマットは叫びたい心境だった。ここへ来てキスしてほしいんだ。僕とここに残ると言ってほしい。オーストラリアのことなんか忘れてしまえ。

フローラが立ち上がった。「留守番電話にしておきますから」マットが黙っているのは、何か気に入らないからだろう。

「電話くらい自分で出られる」マットはきっぱりと言った。

何も言わないほうが無難だとフローラは判断した。「二、三分で戻るわ」オフィスを出ながら念を押した。

旅行課の秘書見習いがノックをして入ってきたとき、マットはまだドアを見つめたまま立っていた。フローラでなくマットがいるのを見た彼女は、ひどく驚いた。

「なんの用だ?」マットは噛《か》みつくように言った。

「フローラのパスポートを返しに来ただけです。申請してあったオーストラリアのビザが取れたらなるべく早く返してほしい、と言われていたので」彼女はおどおどと答えた。

「ほう?」生まれて初めて恋に落ちたというのに、相手の女性は、マットに対する興味は一時的なものにすぎないと公言してはばからない。皮肉なものだ。

マットはパスポートを受け取り、フローラの机の上に投げ出した。長い間パスポートを見ていたが、彼は硬い表情でくるりと背を向け、自分のオフィスに入っていった。

フローラが戻ったとき、マットのオフィスに通じるドアは閉まっていた。彼女はノックして顔を出した。「戻ったことだけお伝えしようと思って。電話はありました?」

「二本。君の友達のセブから電話があった。コールバックしてほしいそうだ」

「あら」それであんなに険しい顔をしているのかしら? マットがセブに焼きもちを焼いているはずはないけれど。「ほかには?」

「ページからだ。お母さんの具合がよくなったそうだ。一週間ほどで仕事に戻れるらしい」

フローラがひそかに恐れていた知らせだった。「二週間？」

無意識のうちにマットはフローラに歩み寄り、両腕に抱きしめた。「残された時間を大事に使おう」

フローラは必死で彼にしがみついた。

「さあ、行こう」せっぱつまった声でマットが言った。

「どこへ？」

「ホテルへ戻るんだ」

「マット、まだ三時半よ！」

「それがどうした？　僕の会社だ。早く帰りたければ僕の勝手にするさ」

スイートに戻ると、二人は激しく愛を交わした。マットは腕の中にいるフローラの髪を撫《な》でながら愛していると告げたかったが、いまの雰囲気を壊すのが怖くて言えなかった。

マットはセブからの電話で予想以上に動揺していた。忘れたいと思っていたことが思い出される。セブは昔からフローラを知っていて、かつては恋人でもあった。いまでも気軽に電話をかけてくるのが当然だと思っている。マットがフローラに自分の気持ちを打ち明けたくない本当の理由は、セブを愛するのと同じようにはマットを愛していないこと、いまでもマットは二番手だということを聞かされたくはないからだった。

数日後オフィスでフローラの電話が鳴ったときも、マットはまだ自分の気持ちを打ち明けられずにいた。

一方フローラも、彼を愛していると何度も打ち明けそうになったが、思いとどまった。残されたわずかな時間を台なしにしてなんの意味があるだろう。彼は将来のことを口にしたことはない。

マットのことを考えながらフローラは電話に出た。ページからだった。ページは明らかに動揺している。先日電話でマットと話したとき、彼が妙によそよそしく感じられたというのだ。

「ばかげていると思うでしょうけど、私に戻ってきてほしくないと思っているみたいな印象を受けたのよ。声が聞けてうれしいと口では言っていたけれど、あなたに残ってほしいみたいだったから、あなたの気持ちを聞こうと思って。あなたが本当にそこでうまくやっているのなら……」

ページの声は次第に小さくなっていった。相手がページ以外の人だったら、フローラはマットのそばにいるため正社員になろうとしたかもしれない。だがそんなことはできない。ここ数カ月、ページはずいぶん苦労したのだし。

「話を聞いて、ページ」マットはいまニューヨークとの電話会議に出ている。聞かれる心配はない。「私は旅行に出るのよ、忘れた？　お金を稼ぐこのチャンスを与えてくれて本当に感謝しているの。借金は全部返せたし、旅行の計画も立てたわ。私はオーストラリアに行くのよ。セブはシンガポールへ行くんだけれど、一緒に旅行することになるかもしれない。あなたが戻り次第、私は出発するのよ、ページ。約束するわ。もうここにいたいとは思わないのよ」

ため息をついてコンピューターに向かったフローラは、マットを見て驚きのあまり息が止まりそうになった。電話会議に没頭しているどころか、彼はオフィスの戸口に立ってフローラを見つめている。彼女は心臓を冷たい手で締め上げられるような気がした。

マットはひと言残らず聞いていたのだ。

10

突然現れたマットを、フローラはじっと見つめ返すことしかできなかった。

「ちょっと予定を調べたかっただけだ」彼の声には抑揚がなかった。

「マット――」ページを安心させたかっただけだと説明しようとしたが、彼は耳を貸そうとせずに背を向けた。

「まだ電話会議中だ」にべもなくさえぎってマットは自分の部屋に戻り、ドアを閉めてしまった。

フローラは両手で顔を覆った。マットはどうしてこんなひどいタイミングで出てきたのかしら？　彼の目に浮かんでいた表情はあまりにも悲痛だった。マットはもしかしたら自分で認めている以上の感情を私に対していだいているのではないだろうか。フローラは初めて気づいた。もしそれが本当なら、私が早く辞めたいと思っているわけではないことを、彼に納得させなければ。

マットが電話を切る瞬間をとらえようと、フローラは話し中を示す電話機の小さなランプを見守っていた。彼が受話器を置いたら、どうしても話を聞いてもらわなければ。私が辞めたいわけではないことがわかり、万一彼が私を愛してくれているなら、もしかしたら万事うまく運ぶかもしれない。

ランプが消えた瞬間にフローラは立ち上がったが、ドアにたどりつく前にマットが部屋から出てきた。彼が気持ちよく聞き入れてくれる気分ではないことはすぐにわかった。

「そこにいたのか」マットの冷ややかな声に、フローラはたじろいだ。「まもなくファックスが届くはずだ。おそらく君も見たいだろう」

「マット、私に説明させて」

フローラの懇願を無視して、彼はファクシミリ機に歩み寄った。

「来た来た」

信号音がして、紙が出てきた。絶望したフローラが見守るなか、マットは最後の信号音を聞いてから紙を取り上げた。ちらりと紙面に目を走らせ、彼は能面のような顔でフローラにそれを手渡した。

「きょう出た記事だ。僕にコメントがあるかどうか、ニューヨークの事務所が知りたがっている」

フローラは当惑して紙を受け取った。大衆雑誌のページのコピーで、トップの記事が囲まれている。見出しは〝偽装婚約?〟となっていた。記事に添えられた写真には、フローラがマットやネルと一緒に写っている。彼女は狼狽《ろうばい》した。ネルはほほ笑んでいるが、フローラとマットは明らかに困惑しているように見える。ネルと最後に昼食をとったレストランから出てきたところを撮られたに違いない。フローラは記事を読みはじめた。

エレクトロニクス業界の巨大企業エレックスの社長で、ニューヨークを本拠地とするマット・ダベンポートがロンドンのレストランから出てくるところを目撃された。同伴しているのは母親とイギリス人の個人秘書、フローラ・メーソン(二十四)。公式な発表はされていないが、ダベンポートは今年じゅうには秘書と結婚する予定であるとの噂《うわさ》である。メーソンはサファイアとダイヤモンドの目の覚めるような指輪をしているのを目撃されている。だがカップルに近い筋によると、二人の婚約は手のこんだ茶番にすぎないという。ダベンポート(三十八)は社交界のパーティ主催者として有名な母親、ネル・ダベンポートが数年来自分を結婚させようとしているのにうんざりしているという。父スコット・ダベンポートの死以来、母親が彼の人生を支配しているのだ。ダベンポートは父親同様、感情を表に出すことや永続的な関係を持つことに恐れをいだく性格のようだ。ダベンポートがついに婚約したのを喜んだ母親は、それが自分を数カ月間おとなしくさせるための計略だったことは知らない。

ダベンポートはごく最近までイギリス人モデル、ベネチア・ホッブスと関係があったが、ロンドン事務所で働いていたメーソンと話がまとまった。メーソンの友人によれば、それまで海外旅行を計画していたメーソンがダベンポートと急に暮らしはじめたという。彼女は自分の両親に結婚の予定について話していない。「私たちは何も知りません」メーソンの母親は語っている。

「まあ、なんてこと！」仰天したフローラは手を口に当て、椅子に倒れこんだ。「ママの耳に入ったんだわ！　私、殺されちゃう！　いったいどこでこの話を仕入れたのかしら？」

「それは僕のせりふだ」氷のように冷たいマットの声を聞いて、フローラはぽかんと口を開いた。彼女はマットの言わんとしている意味に気づいた。

「あなたは……まさか私がこれに関係していると思っているんじゃないでしょうね！」

「セバスチャン・ニコルズに秘密を打ち明けたのが僕じゃないことだけは確かだ」

「セブ？　彼とこの記事と、どういう関係があるの？」フローラは唖然《あぜん》として記事の最後に目を落とした。太い活字体でセブの名前が書かれている。「セブがどうしてこんなことを？」彼女は怒り心頭に発して叫んだ。

マットの口元はあざけるような笑みにゆがんだ。「どうした？　ほかの人には話さない約束だったのか？　金になると思ったらレポーターはなんでも公表することくらいわからなかったのか!」

「でも彼には何も話さなかったわ。私たちの婚約のことだってセブは知らなかったのよ!」

「彼が読心術を心得ているとでも? セブがコールバックしてほしかったのはこのためなのか? 詳細を君に確かめたかったのかもしれないな」

「マット、私の話を聞いて。こんな記事が出てしまったのは気の毒だと思うわ。でも、セブは私から情報を入手したんじゃないわ」

「信じられないね。あの記事に載っている内容を知り得たのは君だけだ。僕が自分の父に関して打ち明けた初めての相手は、ベッドから抜け出すや、好奇心をそそる話の一部始終をレポーターの友達のところへ駆けつけて話さずにいられなかったとは。皮肉だな!」

フローラの苦しそうな表情を見かねて、マットは顔をそむけた。

「本心を見せたほうがいいという励ましは、まんまと成功したわけだな。二度と同じ手は使わないことだ」

フローラは悪夢に迷いこんだような気がした。「いいこと、これは何かの間違いなのよ――」言いはじめたところへ、マットが割りこんだ。

「ああ、間違いだった」彼の声の冷たさに、フローラは殴られたような気がした。「君を信用したのが間違いだった」

「お願いよ、マット……」

「だめだ！」彼は言葉を絞り出すように言って、毒づいた。「母がこれを見たらどう思う？　この瞬間にも友達みんながイタリアにファックスを送るのでさぞ忙しいことだろうよ！　君は平気だろうがね。君はセブ・ニコルズと旅行するんだから。あいつはこの記事でもうけた金で航空券を買っていることだろう！」

「違うわ」フローラは絶望のあまり気分が悪くなった。目の前にいるマットが自分の知っているマットと同じ人とは思えない。

「ちょっと前にページに言っていたこととは違うじゃないか！　僕はちゃんと自分の耳で聞いたんだぞ。それも否定するつもりか？」

「いいえ……ええ……そう言ったけど、でも……」

「驚くまでもなかった。君は何が欲しいか秘密にしたことはなかったよね、フローラ？　君がセブといるところを僕はこの目で見た。電話のメッセージも伝えた。何が起こっているのかわかるはずなのに、この数週間は君にとっても単に楽な金もうけ以上の意味があると自分に言い聞かせてきたんだ。それも僕の間違いだった」

マットはフローラの返事を待たずに自分のオフィスへ小切手帳を取りに行った。彼女は震えながら戸口まであとをついていった。「マット」力ない叫びは彼に届かず、彼はあっという間に小切手を書き、小切手帳から切り離した。

「さあ。合意した以上の金額だと思う。残業した夜の――そうだなチップとでも言おうか――それも加えておいたよ。ロンドンを離れてどこへでも行くがいいさ」

フローラの顔から血の気が引いた。「それで終わりというわけ？」彼女は手にした小切手を見ようともしなかった。

「これ以上何が望みだ？」

「説明する機会を与えてくれてもいいでしょう。でもあなたの言うとおりだわ。なんの意味があるかしら？　あなたは自分以外の人の意見には耳を傾けようとしないんですものね！　自分が間違っているかもしれないなんて考えたこともないんでしょうから。そうでしょう、マット？」

マットは口を開こうとしたが、激怒したフローラを止めることはできなかった。

「私がレポーターに電話してあなたの秘密を何もかも告げ口するようなことができる人間だと信じているなら、それでけっこうよ！　あなたが私のことをどう思おうとかまわないけれど、これだけははっきり言っておくわ。あなたのお父さまのことを人に話すつもりなど、私はこれっぽっちもないわ。さして興味深い話でもないからよ。いい大人が自分の感情を表現できないと気づくなんて哀れなだけ。あなたはそれをお父さまの責任にしているけれど、それじゃ簡単すぎる。もっと大変な問題を抱えた人間でも、自分本意で傲慢《ごうまん》で、いばり散らしてばかりいる人間にならずに成人しているわ！」

かった。


「もうたくさんだ」マットの声はまるでむちのように響いた。「出ていってくれ」

「どうぞご心配なく。出ていくところよ！」フローラはどうにかデスクに戻り、パスポートを探して引き出しの中をかきまわした。あったわ！　間に合うように戻ってきていてよかった。

彼女はパスポートをバッグに詰めこみ、小切手をゆっくりと眺めた。

「楽なお金もうけとは言いがたかったけれど、重宝するわ」

フローラは戸口で立ち止まり、最後にもう一度マットの方を振り向いた。彼は自分のオフィスの外に立ち、かつて見たことがないほど険しく苦々しい表情をしている。

「さようなら、マット。これでよかったのよ。あなたに恋をしたのではないかと心配したけど、気のせいだとわかったわ。あなたは自分の感情を表に出すのを恐れるあまり、何も感じなくなってしまったのね。誰もあなたのことを愛さないのは、愛すべきものがあなたには何もないからよ」それだけ言って彼女は背を向け、出ていった。

「フローラ！」

何を言いたいのか自分でもわからないまま、マットはドアの方へ大股で歩いていった。わかっているのは彼女が去っていくことだけだ。

「フローラ！」背中に向かって叫んだが、彼女はすでに廊下の半分以上向こうまで進んでおり、ためらいは見せなかった。フローラはひたすら歩きつづけてエレベーターのある方へ廊下の角を曲がり、視界から消えた。

ファックスされてきた記事は、フローラのデスクに置き去りにされたままだった。マットはそれを取り上げてまるめ、部屋の向こうに投げつけた。彼は突然絶望感に打ちのめされてデスクにくずおれ、両手で顔を覆った。母が目にする前に記事のことを話さなければ。だが、どうしたらいいのか、なんと言えばいいのかわからなかった。わかっているのは、一時間ほど前には楽しそうにハミングをしていたフローラが、いまはもういないということだ。


フローラはシドニー空港のベルトコンベアの横に立ち、スーツケースががたがたと通り過ぎていくのを眺めていた。オーストラリアにいるんだわ。自分に言い聞かせたが信じられなかった。もう何カ月も、いや何年もこの瞬間を夢見ていたのに、マットからどれだけ遠く離れてしまったか、そのことしか考えられなかった。

彼女はお守のように首から下げた指輪をもてあそんだ。まだ指輪をはめていることに気づいたときにはマットに送り返そうという衝動に駆られたが、彼は持っていていいと言った。売ってそのお金を使えばいいというつもりだったのだろうけれど、フローラにはそんなことはできなかった。彼との思い出として残っているのはこれだけなのだから。最終的には鎖に通して首にかけることにした。マットのことを思い出すたびナイフで刺されるように胸が痛む。彼女は指輪を強く握りしめた。

八日前エレックスを辞めたあの日以来、フローラは絶望の霧に包まれていたので、自分がどこにいるのか、何をしているのかわからなかった。辞めた翌日夢遊病さながらにヨークシャーの実家に向かったことは覚えているけれど。

オーストラリアまでの長く不快なフライトの間も、同じ絶望に体の感覚を奪われたままだった。シートベルトを締め、まるでロボットのように飛行機に乗っていた。何ひとつ現実とは思えない。唯一現実なのはマットだけ。彼の目に浮かんだほほ笑み、彼の手の温かさ、彼のそばにいることによって感じるぬくもりだけが現実だった。マットがいないいま、フローラは世の中から切り離された気分だった。物事を考え、感じ、反応することのできる部分が自分の中から失われてしまったみたいだ。

マット恋しさのあまり鋭く繰り返し襲ってくる痛みが体の芯《しん》まで伝わり、神経を絶えず責めたて、指先で脈打っている。自分の体の中で唯一存在するのは痛みだけのような気がした。痛みが消えてしまったら、自分は空っぽで意味のない存在になってしまいそうだ。

マットのことは忘れなければ。それはわかっている。フローラが会社を去ったあと、彼は連絡してこなかった。フラットに電話することはできたはずなのにしなかったのは、会おうという意思がないからだ。いずれにしてもあの記事にフローラが関与していたと彼が本気で信じているなら、会っても意味はない。

オーストラリアに到着したいま、新たに出直すしかない。マットのことは忘れて、新しい人生を見つけるのだ。

まあ、少なくとも努力はするわ。

フローラのスーツケースがようやく出てきた。彼女はそれをベルトコンベアから下ろし、カートにのせた。これからどこへ行くのか、何をするのか見当もつかない。突然激しい絶望感に襲われ、フローラはカートにしがみついた。ロンドンに戻ってベッドでマットの隣に横たわり、彼のたくましい体に手をすべらせて、彼の感触、彼の息遣いを堪能《たんのう》したかった。

フローラはなんとか気を取り直し、背筋をぴんと伸ばして税関に向かった。申告するものは〝失恋〟ね。彼女は皮肉っぽく考えた。

ターミナルに出ると、ロンドンから到着する親戚《しんせき》や友人を迎える人でごった返していた。フローラはうつむいたままカートを押して通り過ぎた。彼女を迎えてくれる人は誰もいない。

「フローラ?」

自分の名前が呼ばれるのを聞き、そのアメリカ人らしい声があまりにもマットに似ていたので、彼女は幻聴かと思った。マットがここで私を待ち受けているなんて、希望的観測もいいところだわ。心の底から求めれば手に入るとでも思っているの?

「フローラ！」誰かが隣に来て、彼女の腕に手を置いた。

フローラは凍りついた。確かにマットの声だけれど、彼であるはずがない。彼女はゆっくり振り返った。心臓が止まる。背が高く、髪の黒い、力強い姿の彼がそこに立っていた。まぎれもない神秘的な緑の瞳、力強い眉、フローラの骨をとろかす厳しい口元。あんな口元をしている人はほかにはいない。

マットだわ。本当にマットだわ！

フローラは信じられない思いで彼をじっと見つめた。マットもまたフローラを見つけたのが信じられないのか、緊張とためらいの入りまじった表情で立ちつくしている。

「マット、あなたなの？」

彼はうなずいた。声も出せずにフローラに見とれることしかできなかった。

「君を見失ったかと思った」マットは唐突に言った。声はかすれていたものの、いったん話し出すと言葉がほとばしり出た。「君があのドアから出てくるのをずっと待っていたんだ。君を見失ってしまって二度と捜し出すことができないのかと思いはじめていたところだ」

フローラは混乱していた。マットの言葉は聞こえたが、意味を理解することができない。

「ここで……何をしているの？」

「君に会いたくてたまらなかったんだ。説明したくて、謝りたくて……。どうしても会いたかった。君がいなくて寂しかったよ、フローラ。君に会って、どれだけ君を愛しているかを言いたかったんだ」

「マットったら……」

フローラはマットの言葉がゆっくりと心にしみるのを感じながらささやいた。心の底から欲しいと願うものはやはり手に入るのだ。彼女は涙を目にたたえてマットをじっと見つめた。マットが私を愛している！　愛していると言ったのよ！

「マットったら……」ほかに言うべき言葉が見つからなかった。フローラはカートから手を離し、よろよろと彼に近づいた。これはいまにも消えてしまう夢なのではないだろうか。希望と恐怖が心の中で闘っていた。「ああ、マット！」やみくもに両腕を差し伸べる。フローラは彼の腕に強く抱かれて、息もできないほどだった。

フローラが彼の肩に顔をうずめると、マットは彼女の髪にキスの雨を降らせた。「愛してる、愛してる、愛してる」かすれた声で繰り返す。「君をこうして抱いているのが信じられない。あの日、君が出ていってからそればかり考えていた。君を捜しに地球を半周してきたんだよ、フローラ。君も僕を愛していると言ってくれ」

「もちろんよ。愛してるわ」フローラは泣きながらマットの喉や顎、届くところすべてにキスをした。「ああ、マット。私がどれほど惨めだったか！　あなたに会いたくて仕方がなかった。いまあなたがここにいるのが信じられないわ。人生でいちばんうれしい瞬間なのに、涙が止まらないの」

マットは両方の指でフローラの頬の涙を優しくぬぐった。「もう一度言ってごらん。僕を愛していると言ってくれ」

「愛しているわ」

マットはようやく万事がうまくいくと信じることができた。彼の目が輝く。彼はもう一度フローラを抱きしめ、二人は深く激しいキスを交わした。それは二人が離れている間に感じた、言葉ではとうてい表現することのできない寂しさや絶望感をあますところなく語っていた。

「君に言ったことは謝るよ、ダーリン。本当に悪かった」

「いいのよ」

「よくはないさ。君を信じるべきだった。君がどんな人間かわかっていたはずなのに。僕たちの取り引きのことや父のことを、君が人に言うはずがない。ただ、君が電話でセブのことを話しているのを聞いて激怒したものだから、理性を失ってしまったんだ。父をどう思っているか、人に話したことはなかった。打ち明けてもいいと思うほど親近感を覚えたのは君だけだ。やっと自分の感情を表現できるようになったと思った矢先に平手打ちをくらった気分だった。それに嫉妬《しっと》に狂っていたからね。何日もかかって、やっとのことで愛していると言う勇気を奮い起こしたのに、君はセブと旅行する計画をページに話していたんだから。そのうえ、セブが僕たちのことを書いた記事を目の前に突きつけられて……」

「マット」フローラはいとおしげに言った。「二人で過ごしたあの数週間のことを考えてちょうだい。私があなたよりセブと一緒にいたいだろうなんて、どうして思うの？　キスをするたびに、私がどれほどあなたを愛しているかわからなかった？」

「自信がなかったんだ。自分の気持ちを伝えたかったが勇気がなかった。君が出ていくときになんて言ったか覚えているかい？　僕には愛すべき点がない、と君は言った。本気じゃなかったのかもしれないけど、父が亡くなって以来、心の奥底で僕は自分のことをそう感じていたんだと思う。父に愛されなかった自分は、誰からも愛されないんだと」

「ごめんなさい、マット。あなたが私を傷つけたから仕返しをしようと思って言っただけよ」

「わかってる。どっちにしても、君がひとつだけ間違っていることに気づくのに、長くはかからなかった。確かに僕には感情があった。それも君に対するものばかりだ！」

フローラは頭を後ろに倒してマットを見上げた。「ページにセブと旅行すると話したのは嘘《うそ》だったのよ。彼女の仕事を取り上げようとしているわけではないと安心させようとしたの」

「ああ、ページから聞いたよ」マットが言ったのでフローラは驚いた。

「ページから聞いたですって？　ページに私たちのことを話したの？」

「いったん自分の感情を表現することを覚えたら、止まらなくなってしまったんだ。僕は君を捜すのに必死だった。彼女なら知っているだろうと思って」

二人を遠まわりに避けていく群衆に遅まきながら気づいて、マットはフローラのカートをつかんだが、片腕はしっかりと彼女を抱いたままだった。「ここを出よう。話の続きはホテルへ行く車の中でするから」

市の中心部に向かうリムジンの後部座席に落ち着き、マットは話を続けた。

「君がいなくなってひと晩で、どれほど君を必要としているかわかったよ。記事のことなどどうでもよかった。君と一緒にいられさえすればよかったんだ」

マットはフローラの手を取り、てのひらにキスをしてから指をからませた。

「最初に思いついたのは翌日君のフラットに行くことだった。でもあいにく誰もいなかった。そのときページが君の友達なのを思い出したんだ。必死だったので時差のことも忘れていた。彼女を夜中に起こしてしまったに違いない。すべてを話し、君を捜すのを手伝ってほしいと頼んだんだよ」

フローラは笑いはじめた。冷淡で計算高い自分の雇主にもやはり感情があったのだと発見したときのページの反応を想像していた。「ページはさぞショックを受けたでしょうね？」

「ちょっと驚いていたようだ。でも彼女を仰天させるのは容易じゃないからね。君の両親をヨークに訪ねて君の言っていた中世風の教会を捜そうと思っていたところへ、母から電話があった」

「ネル！」フローラはマットの母親のことをすっかり忘れていた。「かわいそうなネル！　セブの記事を見たのね。さぞ怒っていたでしょう?」

「僕が君を失ってしまったことに対してね。あんなしかられ方をしたのは子供のとき以来だ！　母は僕をさんざんからかったあとで、自分の責任だと認めたんだよ」

「ネルの責任?」

「どこかのパーティでセブと会ったらしい。彼は自己紹介をして君を知っていると言ったようだが、レポーターだということは隠していた。母は軽率なものでたちまち自分の身の上話をしてしまった。父の死が僕に与えた影響までもね」

「でも、私たちが婚約者同士のふりをしていることをネルがセブに話すはずがないわ。知らなかったんですもの」

「そう思うかい?」マットの声は皮肉たっぷりだった。「母を過小評価しているね。僕が自分で気づくずっと前から、僕が君に恋していることを母は知っていたんだが、二人の関係が何か変だというのは母にとって一目瞭然《りょうぜん》だった。それで僕たちが本当は婚約していないと推測した」

ネルの目にときどき浮かんだ鋭い表情を、フローラは思い出した。「わからないわ。私たちが嘘をついていると思ったなら、どうして黙っていたの？」

「それはいかにも母らしいんだが、ちょっと背中を押せばいいだけだとわかっていたらしい。君のことがすぐ気に入ったので、婚約しているという芝居につきあうどころか一週間よけいに滞在して、芝居をやめられないようにしたというわけだ。だから君のことをもっと知りたいと言っておきながら、毎晩出かけていたんだよ。僕たちに二人一緒の時間を過ごさせたくてね。うまくいったと思わないか？」

「ええ、本当に」

その後、フローラはホテルのバルコニーに立って目の前に広がるシドニー港を眺めていた。珍しい形をした屋根のオペラハウスや有名な橋が見える。

マットの腕が体にまわされたので、フローラは彼の胸にもたれかかった。首筋にキスされ、喜びが彼女の背筋を貫いた。

「どうやって私を見つけたか、まだ話してくれていないわ」

「どこまで話したっけ？　そうだ、母から電話があって……セブがどうして僕たちのことをよく知っているか、その理由はわかったが、君がどこにいるのかはわからないままだった。だから、唯一助けてもらえそうな人に電話したんだ。セブにね」

「あなたがセブに電話を？」

「君のお母さんと話したと記事に書いてあったので、少なくともご両親の電話番号は知っているだろうと思って」

「セブはあなたに関してあんな記事を書いたのよ。よく彼と話をする気になったわね」

「君を捜すためならなんでもする覚悟だった。セブは母の話をおおかた認めたよ。舞踏会での僕たちを見てほぼ納得していたのに、母が疑いをいだかせるようなことを匂《にお》わせたので考え直したそうだ。当て推量で空白を埋めるのはさして難しいことじゃなかった、と言っていた」

「彼には関係のないことなのに」

「見過ごすにはあまりに惜しいゴシップだったんだろう。慰めになるかどうかわからないけど、トラブルを起こして悪かったと謝っていたよ。君の目に留まらないようにとアメリカの雑誌に売りこんだんだが、エレックス広報部の有能さを考慮に入れていなかったわけだ。とにかく、君の両親の住所を教えてくれたらいくらでもインタビューに応じると約束して聞き出したのさ。でも君になんて言うかはまだ考えていなかった。電話で話したくはなかった。あまりにもひどい扱いをしてしまったから。だから君に会いに行くのが最善の方法だと思った。翌日ヨークシャーへ行ったんだが、家に着いたら留守だった。何時間も待ったような気がしたよ。ご両親が帰ってきて、ヨークで君を列車に乗せたところだって言うじゃないか。わずか何分かの違いで君を逃してしまったと知ったときの僕の気持ち、わかるだろう！」

「あなたが来ることを知ってさえいたら」フローラは両腕をマットのウエストにまわし、肩に頭をあずけた。「あまりに惨めでどうしていいかわからなかったわ。計画どおりオーストラリアに行くべきだと言い出したのは父だったのよ。父がシドニー行きの便を予約してくれたわ。その夜はロンドンに泊まって、翌日の夕方のフライトでこっちへ来たの」

「聞いたよ。ご両親にすべてお話ししたら、君のフライトを教えてくれた。まっすぐロンドンに戻って君が発《た》つ前に会うつもりだったが、君が世の中を見たいと言っていたのを思い出したんだ。君がシドニーに到着する前に僕が先に着いたら一緒にやり直せるんじゃないかと思って。お父さんがニューカッスルまで送ってくれたのでシャトルでヒースローへ飛んで、その晩のシドニー行きの便にちょうど間に合ったというわけさ」

マットは思い出しながら悲しそうにほほ笑んだ。

「パスポートはいつも携帯しているから問題なかった。シドニーにはきのうの朝着いて、あとは君を待つだけだった。人生でいちばん長い二十四時間だったよ、フローラ。あそこに立って君があのドアから出てくるのを待ちに待っている間の気持ちは説明できないくらいだ。そうしたら突然……君が現れた」

「こうしてここにいるわ」ほほ笑みを浮かべて見上げるフローラの目には、愛情が満ちあふれている。マットは息をのんだ。

「やっとたどりついたね」僕がどれほど彼女を愛しているかフローラにわかるだろうか、

とマットは思いをめぐらした。

「二人きりよ。誰もいないわ……することもないし」フローラは挑発するようにマットの顎の線に沿ってキスを浴びせた。

フローラの唇がマットの唇をかすめ、彼はほほ笑んだ。「ひ、と、つ、だけできることはあるけれどね」

「そうね。お母さまに電話して将来おばあちゃんになる可能性があると知らせられるわね」

「ああ。でも、それはあとにしよう！」マットは賛成し、フローラの手を取って、幅の広いベッドが招くように待っている寝室へ引き入れた。

何時間もたったあと、我が物顔にまさぐるマットの手の下でフローラは満足げに伸びをした。「ネルのためにでっち上げた作り話はまったくむだだったわけね？」

「それはどうかな。結婚式の計画を立てる必要がなくなった。教会から歩いていくのもわかっているし、君のご両親の庭にはなんとかいう花で飾られた天幕をしつらえる。なんていう花だっけ？」

「のらにんじんよ」

「そうだ……のらにんじんで飾られた天幕」彼の言葉を聞き、フローラが笑った。

「指輪も買う必要がないわ」先ほどサイドテーブルに投げ出した鎖に、フローラが手を伸ばした。指から下げてみせると、太陽の光を受けたダイヤモンドがきらきら輝いた。

「本当だ」ほほ笑みながらマットは鎖をはずした。指輪がてのひらにすべり落ちる。彼は半身を起こしてフローラの手を取り、本来あるべき場所に指輪をそっとはめた。「愛してるよ」フローラの目をのぞきこむ。彼女は両腕をマットの首にまわした。

「私もよ」

「それに、新婚旅行の相談で時間をむだにする必要もない」しばらくしてマットが付け加えた。「君は母になんて話していたかな?」

「砂丘のてっぺんに座って夕日を眺めるの。それから温かい礁湖《ラグーン》で泳いだり、椰子《やし》の木陰で横になるのよ」

「そうだった。それに熱帯の長い夜がある……」

「私、新婚旅行の最中にあなたがオフィスに電話するようなことがあれば離婚するって言ったような気もするんだけれど」

「それだけは交渉の余地がないかな? 一、二度くらいは電話しなければならないかもしれない。でも会社のほうにはしばらく僕なしでなんとかしてもらうしかないな。僕は君なしではいられない」

「なんらかの取り引きはできるでしょう。私たち、取り引きは得意ですもの!」

「そのとおり。君は最初から正しかったな」

「私が？」

「初めて出会った日に君が言ったんだ。僕たちはお似合いのカップルだって。本当にそうだよ、ダーリン！」

●本書は、2001年11月に小社より刊行された作品を文庫化したものです。

婚約のシナリオ
2024年1月15日発行　第1刷

著　　者／ジェシカ・ハート
訳　　者／夏木さやか（なつき　さやか）
発 行 人／鈴木幸辰
発 行 所／株式会社ハーパーコリンズ・ジャパン
東京都千代田区大手町1-5-1
電話／03-6269-2883（営業）
0570-008091（読者サービス係）
印刷・製本／中央精版印刷株式会社
表紙写真／© Golyak | Dreamstime.com

ISBN978-4-596-53289-3

12月22日発売 ハーレクイン・シリーズ 1月5日刊

ハーレクイン・ロマンス
愛の激しさを知る

ギリシア富豪とナニーの秘密 《純潔のシンデレラ》　キム・ローレンス／岬　一花 訳

秘書は一夜のシンデレラ 《純潔のシンデレラ》　ロレイン・ホール／中野　恵 訳

家政婦は籠の鳥 《伝説の名作選》　シャロン・ケンドリック／萩原ちさと 訳

高原の魔法 《伝説の名作選》　ベティ・ニールズ／高木晶子 訳

ハーレクイン・イマージュ
ピュアな思いに満たされる

野の花が隠した小さな天使　マーガレット・ウェイ／仁嶋いずる 訳

荒野の乙女 《至福の名作選》　ヴァイオレット・ウィンズピア／長田乃莉子 訳

ハーレクイン・マスターピース
世界に愛された作家たち
〜永久不滅の銘作コレクション〜

裏切られた再会 《特選ペニー・ジョーダン》　ペニー・ジョーダン／槙　由子 訳

ハーレクイン・ヒストリカル・スペシャル
華やかなりし時代へ誘う

侯爵と疎遠だった極秘妻　マーガリート・ケイ／富永佐知子 訳

鷹の公爵とシンデレラ　キャロル・モーティマー／古沢絵里 訳

ハーレクイン・プレゼンツ作家シリーズ別冊
魅惑のテーマが光る極上セレクション

純粋すぎる愛人　リン・グレアム／霜月　桂 訳

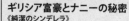

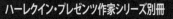

既刊作品

「幸せをさがして」

ベティ・ニールズ　　和香ちか子 訳

意地悪な継母から逃げ出したものの、ベッキーは行くあてもなく途方にくれていた。そこへ現れた男爵ティーレに拾われて、やがて恋心を募らせるが拒絶される。

「悪魔のばら」

アン・ハンプソン　　安引まゆみ 訳

コレットは顔の痣のせいで、憧れのギリシア人富豪ルークに疎まれ続けてきた。だが、ある事故をきっかけに別人のような美貌に生まれ変わり、運命が逆転する！

「花嫁の契約」

スーザン・フォックス　　飯田冊子 訳

生後間もない息子を遺し、親友が亡くなった。親友の夫リースを秘かに想い続けていたリアは、子供の面倒を見るためだけに、請われるまま彼との愛なき結婚を決める。

「情熱はほろ苦く」

リン・グレアム　　田村たつ子 訳

強欲な亡き祖父のもとで使用人同然として育てられたクレア。遺言により財閥トップで憧れだったデインと結婚するも、金目当てと誤解され冷たく扱われてしまう。

「思い出の海辺」

ベティ・ニールズ　　南 あさこ 訳

兄の結婚を機にオランダへ移り住んだ看護師クリスティーナ。希望に満ちた新天地で、ハンサムな院長ドゥアートに「美人じゃない」と冷たくされて傷ついて…。

既刊作品

「アンダルシアの休日」

アン・メイザー　　青山有未　訳

カッサンドラは資産家の息子に求婚されるが、兄のエンリケに恋してしまう。それが結婚を阻止するための罠だと気づいたときには身ごもっていた。10 年後…。

「プレイボーイ公爵」

トレイシー・シンクレア　　河相玲子　訳

宝くじで 5 万ドルを当てた銀行員ケリーは、憧れのヨーロッパ旅行へ。資産家と誤解されて招かれたウィーンのパーティーで、プレイボーイの公爵に出会い…。

「砂漠の花嫁」

リン・グレアム　　山ノ内文枝　訳

ベサニーはラズルの愛を拒んだ。異国の皇太子とは釣り合わないから。数年後、出張で彼の国を訪れたベサニーは、なんと宮殿へさらわれ、ラズルと再会する！

「熱いレッスン」

ダイアナ・パーマー　　横田　緑　訳

叔母が家政婦をするテキサスの豪邸へ招かれたマリアン。館の主で油田と牧場を営むウォードに誘惑され、初めて愛のレッスンを受けるが…。

「恋愛後見人」

エマ・ゴールドリック　　富田美智子　訳

恋を諦め、最初に求婚してきた男性と婚約したミシェル。大好きな義兄には幸せな結婚をしてほしいと縁結びをもくろむが、計画はことごとく失敗して…。